思念与往事

◎刘正华　王炳西　著

華文出版社
SINO-CULTURE PRESS

图书在版编目（CIP）数据

思念与往事 / 刘正华，王炳西著. -- 北京 ：华文出版社，2020.9（2023.6重印）

ISBN 978-7-5075-5352-9

Ⅰ. ①思… Ⅱ. ①刘… ②王… Ⅲ. ①随笔一作品集一中国一当代 Ⅳ. ① I267.1

中国版本图书馆 CIP 数据核字 (2020) 第 174182 号

思念与往事

作　　者： 刘正华　王炳西　著
责任编辑： 谭　笑
出版发行： 华文出版社
社　　址： 北京市西城区广安门外大街 305 号 8 区 2 号楼
邮政编码： 100055
网　　址： http://www.hwcbs.cn
投稿邮箱： 784263235@qq.com
电　　话： 总 编 室 010-58336239
发 行 部 010-58336202 58336212
责任编辑 010-58336237
经　　销： 新华书店
印　　刷： 永清县晔盛亚胶印有限公司
开　　本： 787×1092　1/16
印　　张： 16.25
字　　数： 182 千字
版　　次： 2020 年 9 月　第 1 版
印　　次： 2023 年 6 月　第 3 次
书　　号： ISBN 978-7-5075-5352-9
定　　价： 60.00 元

前言 / Preface

不是官方的渲染，也不是伟人的雕刻，只是为了追念我的丈夫——王炳西。

他让我放不下，他让我每时每刻都在怀念他，因为他的灵魂已深深地刻在我的脑海之中。我和炳西同为天津人，中学时代就是同学。1965 年各自上大学，1970 年参加工作后，他在太原，我在石家庄，虽然两地分居，我们一直书信不断，从同学而自然建立起恋爱关系。1973 年我们结婚，1974 年他被调入石家庄工作，终于幸福地生活在一起。2007 年他从石家庄市委财贸工作委员会副书记的工作岗位上退休。2016 年 1 月 25 日是我们结婚 43 周年的纪念日，这 43 年 5 个月零 3 天，我们两个是互相搀扶、相依为命地走过来的。我们共同享受着有儿子的快乐；我们共同品味着夫妻恩爱的幸福和甜蜜。在我生命的轨迹上，每一次磨难，每一个转折，都是由他扶着我的腰板，帮我度过的。当一朵鲜花盛开的时候，有冰雹袭来，你应该怎么办？当名誉和利益向你涌来的时候，你应该如何面对？当复杂的人际关系让你手足无措的时候，你如何绕着走？当机遇来临的时候，你如何去争取？当人生的道路面临重大转折的时候，你应该如何正确地抉择？面对这一切的一切，我都像无助的孩子一样，瞪大眼睛，祈求他的帮助。他总是那样稳重，不慌不忙地给我讲道理，帮我分析，给我提出方案或指明方向。

在我的生命中，他是我的唯一，我真的离不开他。他的离去，像一把重锤砸碎了我的心。我悲痛欲绝，双手抚摸着他的骨灰盒。我失声痛哭，炳西你怎么到这里来了，你一定等着我，来世我们还做夫妻。

该书分为思念篇和往事篇，思念篇由我执笔完成。第一章和第二章主要记录了丈夫生病、去世和追悼会的全过程；第三章主要是讲述我们夫妻的共同生活以及我的回忆；第四章是炳西当教师时，部分学生的悼念文章。往事篇是我丈夫生前写的回忆录。他不愿意声张，也不愿意发表，只是想对儿孙们有个交代，给家人、好友们留个纪念。最后我和儿子商量后，决定还是以往事回忆的形式和以思念为主题的内容一起将之命题为《思念与往事》成书出版。全书由我儿子王雄统稿，如有不当之处，请读者提出宝贵意见。

目录

思念篇

往事篇

思念篇

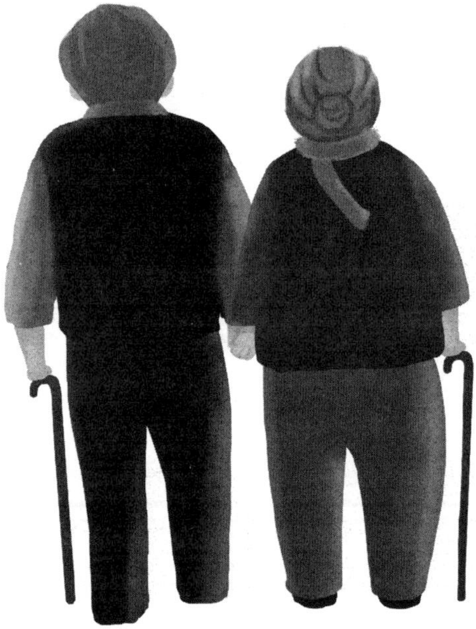

离别的日子

悲痛中的呐喊

炳西是我生命中的唯一，
他对我的爱像金子一样纯洁，
我对他的忠像水晶一样清澈，
一刹那，上帝就让我们这对鸳鸯阴阳两隔。
它使我懂得了什么是撕心裂肺的痛！
这只孤雁飞向何方？
我迷茫了，
我傻了，
我疯了，
我拼命地呐喊：炳西别扔下我……

癌　症

“癌症”这个可怕的名词怎么会降临到我头上，怎么会发生在炳西的身上。

2016 年 6 月 3 日晚，我给炳西贴上了大姐寄来的膏药，4 日（星期六）他说要大便，我给他揭膏药时，他就说憋不住了，我扶着他走进卫生间，离便池只有一步之遥，他就再也走不动了，拉在了地上……

这时我发现他的左脚肿得厉害，马上到药店买了六味地黄丸和健骨的药让他吃。看到他这样，我说星期一就不去学校了。那时，我在河北传媒学院任教，那天正有大四学生的课程。他认为学生很快就面临期末考试，还是让我去学校上课。我当时认为他说得对，学生的课不能耽误，学校的工作还是做完为好。6 日我上完课，买了吉野家的饭和饮料，疯似的跑回了家。我回来后，他已经无力再呼唤我了，更没有了往常的玩笑。这时我扶着他坐到沙发旁吃饭，他说：“我不想吃。”我说：“我喂你。”他脾气很不好，一下就把我的手打到一边，并说：“我疼得连死的心都有。”我不敢再强制性喂他，他只是喝了些凉的饮料……

6 月 7 日是星期二，他还坚持让我给 13 级物联网的学生上完了最后一次课（只剩下考试了）。我下班回来，没有听到炳西的声音。我慌忙地跑进屋里，只见炳西痛苦地紧皱着眉头，几乎听不到他说话的声音，地上、沙发上都是尿。我问他：“什么时候尿的?”他说上午，也就是说他已经难受了一天了。我擦了地上的尿，说咱到厕所冲冲去，当他转身站起来的时候，我模模糊糊地听到他说：“到头了，快!”我心里“咯噔”一下，怎么说这话?！这时的他走路已经很困难了，勉强走到水龙头下冲完后，他就几乎不能走路了，我就让他坐在我的腿上，勉强挪动到门口的椅子上。这时，他的头已经抬不起来了，我就双手托着他的头，我说叫120吧，他坚持不叫（他是担心我一个人弄不了），等儿子王雄回来了，他才答应去医院。

当天夜里，炳西就在石家庄市第二医院做了CT，骨科医生说骨折基本上好了，他的肾后有肿块，不能判断是什么原因。医生先把炳西送进了隔离病房，不让家属留下，我和儿子就先后回家了。

6月8日（星期三），石家庄市第二医院说再拍个片子，然后转入石家庄市第一医院（因为那里有建华的同学，床铺好解决），我坚持陪着炳西拍片子，并将他送到救护车上。身旁的人说到那里主要是办理转院的手续，我也做不了什么，让我回家熬小米稀饭。

石家庄市第一医院看了片子，并进一步让炳西做了穿刺，说要等四五天才能出来结果。8日到12日（星期三到星期日）我们一直都在等结果，医院一直在给炳西输营养液之类的药物。这时炳西的右腿、左脚肿得厉害，神志不清，有时说胡话，两眼呆滞。我吓坏了，心里想骨折怎么会使人糊涂呢？这种情况下，我只有一个期盼：可别是那个可怕的病呀！

炳西，你一定要坚强地挺过这一关！

别扔下我一个人不管！

否则，我会跟着你走！

和儿子商量后，我决定把剩下的两三次课上完。可是星期一儿子要去北京找专家会诊，我又要上课，全交给护工不太放心，就请我的同事江军英找了个帮忙的，照顾了半天。

6 月 12 日晚上 11 点左右，我正准备星期一课程的内容，家里突然一片漆黑，我有一种不祥的预感，只好忍着去睡觉。也就是那天的夜里，又是风又是雨，天哪！您是否在告诉我——暴风雨来临了。

6 月 13 日（星期一）中午，我从学校急忙赶回医院，送别了那位帮忙师傅，就开始忙着护理丈夫。第二天，儿子从北京找专家会诊后赶回来了，不知他和医生说了什么，我急忙问儿子结果，他肯定地告诉我，和石家庄市第一医院的诊断结果是一样的，是肾癌，而且是中晚期。这句话像是一把重锤砸到我的头上，这时的我几乎走不动了，儿子将我搀扶到二楼的座椅上，我哭着说："哪怕是有万分之一、十万分之一的可能也要给你爸爸治。"儿子自然同意我的意见，儿子也哭了……

6 月 14 日开始正式应用"靶向药物"进行癌症的治疗。

这时的我还期盼"靶向药物"这种先进的治疗方案能在炳西身上起作用。我跪在爸爸妈妈的遗像前，拼命地祈祷着：上帝保佑，爸爸妈妈保佑，让炳西闯过这一关吧！

最后的一次课——我的心在流泪

6月16日（星期四）又是一个不吉祥的日子，我要上这个学期的最后一次课，儿子要到北京找另一位专家确认治疗方案。

儿子的意思是让我中午陪着炳西吃饭，然后我再从医院去学校上课，可我根本就上不下来这四节课。我心里在想：如果我现在就不干了的话，那么这就是我今生的最后一次课。我咬牙决定上午去上这几节课。炳西，我相信你会同意我的决定。

6月16日上午8点30分左右，“咣当”一声门响，我以为是炳西回来了，马上去看，不是，是邻居……我失望得泣不成声地哭了起来，炳西真的要离开我吗？我挣扎着坐上了公交车……

考试没出问题，晓君帮我登记成绩，我疯了似的往班车上跑，还聪明了一下，让学生帮我买了瓶矿泉水，因为我怕自己生病，照顾不了炳西。一路上，这瓶矿泉水解了我的忧愁，我拼命地喝，下了班车我就要尿裤子了，但我完全顾不上这些，瞪大眼睛找出租车，找到了，我内心还埋怨司机开得太慢。

我终于到了医院，疯了似的往病房里跑，呀！消瘦的炳西瞪着大眼睛望着我说：“我现在没事，挺放松的。”炳西你哪里知道这一天我是多么害怕，我的心在淌着泪水，假如你今天有什么意外，我会撞死，我会悔恨自己做出这愚蠢的决定。

炳西，你最了解妻子的心，你在危难之中想的依然是我，这就是夫妻，这就是患难与共的夫妻。43 年 5 个月零 3 天，我们夫妻相依为命，共同经历了不知多少坎坷。为了我，你可以牺牲自己的一切，好像平常你无意对我说的一句话：“我的一生好像在为你活着，你出门的时候，担心你被车撞着；你不高兴的时候，担心你在生气；授课遇到困难时，担心你会气馁……”你总是在鼓励我：“这已经不简单了，70 岁的女同志还能讲物联网这类专业。”也就是在你的鼓励和无微不至的关怀下，我才能一步一步地前行着，谢谢你了我的丈夫，危难之中，你再一次成全了我，我那可人疼的丈夫呀！

那块手表

大概是 6 月 17 日（星期五），王雄买了轮椅，说是要推着炳西到外边看看，没有想到这是炳西最后一次和世界告别。儿子说我的孙子 Andy 今天要来看爷爷，炳西挺激动的，我们几次劝他回病房，他都不肯，说在这里见到孙子多好呀！

只要是他说的，我和儿子都顺从，我们就一直在外边待着，王雄还半开玩笑地说，给老两口留个空间好好聊聊。在一个背风的小台阶下，我坐在石头上，他坐在轮椅上，我们很随意地东一句西一句地说着，后来风挺大的，我就站起来，站在轮椅的背后给他挡风。不知怎么的，我总是觉得这风怪怪的，一个个的小旋风总是在我们的周围转来转去的。我有种不祥的预感，但我总是违心地将它排除掉，“这不是真的”的想法总是激励着我，期盼这个“靶向药物”能把炳西的病治好。

虽说是东一句西一句地说着，但他似乎也有预感。

炳西说：“咱俩就在医院待着挺好的。”我说：“不，好了我们还是回家。”他说：“你又不会做饭。”我说：“请个小时工帮我们做。”他说：“那可不行，我长得这么帅，来个女的和我亲近，你可受不了。”即使是到了这个时候，他还是在每件事情上都想到我的感受。

“我要是不在了，你这个孤雁往哪里飞呀？”

“没了我，你就什么都没了。”

是的，炳西，现在的屋里只有我一个，非常安静，只有我敲击键盘的“哒哒”声在诉说着我对你的怀念。你走了，我真觉得自己一无所有，因为你才是我唯一的财富，只有你最了解我，只有你对我倾注了全部的爱，只有你给了我生命的一切。

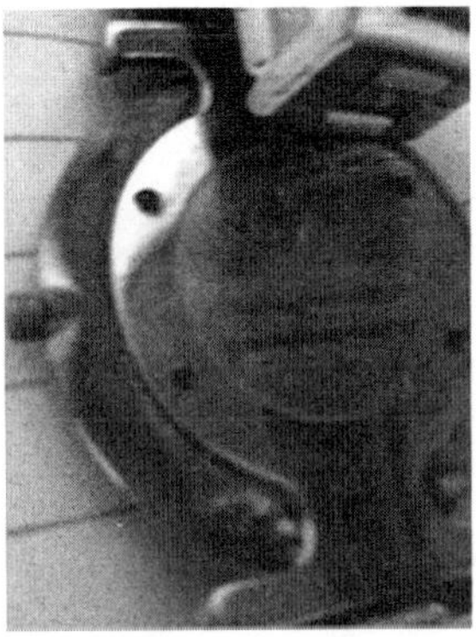

炳西的手表背面

你猛然又说：“那块表可珍贵呀，背壳竟然被我磨掉了一半，你接着再磨掉下一半吧？”

炳西，你经常放那块表的位置我拍下来了，背壳也拍下来了，你看这不是吗？

炳西，记得这块表曾经坏过，表壳好像掉了，是你又把它修好了，对吧。它大概有几十年的历史了，我一定会好好保存它，并按照你的心愿，由我继续戴下去，抹掉剩下的一半，画完我们夫妻完美的一生。想念你的时候，我就看看它，知道你就在我的身边；当我遇到困难的时候，就想想这表走过的时间里，你对我无数次的“大批判”。对于这些“大批判”，我曾经埋怨过你，甚至不满地写在日记中。如今回味起来，这些“大批判”是多么富有哲理和知识内涵呀！炳西，好多时候是我错怪你了，真的对不起……炳西，那些真诚的“大批判”再也没有了；那些对我错误行动的阻拦再也没有了，留下来的只有我的痛苦……

炳西用过的手表

炳西的疼痛

在炳西病重的日子里，癌症的疼痛无时无刻不在折磨着他，每当我看到他可怜地捧着双手祈求大夫帮帮他的时候，我的心就像刀绞一样。

6 月 18 日（星期六）是我最害怕的一天，炳西发烧了，嗓子里又有痰，呼吸好像都很困难。晚上炳西尿血了，这时我几乎绝望了，我越发感到炳西病情的严重性。

晚上我没有回家，陪着炳西度过了艰难的一夜。我一个人守着炳西真担心、害怕，他第一次尿了血，我痛苦得难以忍受。夜里 3 点钟左右，因为发烧，炳西输的是发汗的药，背心全湿透了，褥子底下也湿了。炳西多难受呀，我叫醒了护工小王，他说脱掉上衣，铺上毛巾单子，我就这样做了，然后疲倦使我一头栽倒在床上……

6 月 22 日（星期三），这一天，我一直都在胡思乱想，怎么样才能救救炳西呀。我似乎觉得对儿子的关心都失去了母爱的含义，好像也是在对儿子祈求：你一定要休息好，你要帮帮我，救救你爸爸，让他能多陪我点时间。

6 月 23 日（星期四），又是一个不吉祥的日子，凌晨 1 点 25 分，我开始记录这一天里炳西的痛苦和我的伤痛。

这一天我一直都在陪伴着炳西，夜里 11 点钟才回家。白天炳西的肚子胀得鼓鼓的，我就给他轻轻地揉，他说挺舒服的，于是我就两只手交替着揉。这时我才敢问问他：“每天都很疼吗？”他说：“也不完全是，主要是焦虑，我真担心离开了我，你到哪里去呢？自己一个人到处飞。”这时的他我认为不糊涂，这才是他真正的内心话。我完全明白他的心，他还说过，没了我你就什么都没了……

炳西，你就是我的心！你就是我的心！你就是我的心！你真的要摘掉它吗？

你说，让我向我爸爸妈妈祈祷，是的，其实你不说，我每天也都在这样做。无助之时，我祈求爸爸妈妈，祈求上帝，把炳西留给我……

星期四就是个不吉祥的日子，怎么就这么倒霉。今天护士给炳西灌了肠，他好不容易才大便一次，拉了好多，我心里好像去了一大块病似的。可是没有想到炳西剧烈疼痛，浑身是汗，疼得他祈求大夫帮帮他，这是我看到的他最痛苦的一次，大夫检查了说是肛裂，儿子马上去买了药。打了针，上了药，炳西才稳定下来……

上帝呀，我求求您，少让炳西这么痛苦行吗？

我要给炳西转院

6 月 24 日（星期五），马副市长来看炳西，详细地问了炳西的病情，并帮助改善了医护条件，炳西自己住一个屋子了。

6 月 25 日（星期六），炳西的三姐秀红和她的丈夫王克，还有大姐的四个女儿一起来看炳西。三姐那个疼弟弟的劲儿真是难以形容，她说中午没有吃饭的习惯，就一直寸步不离地陪着她的弟弟，给他揉腿、搓脚心。我也模仿着三姐一起给炳西揉搓，还不时地用布擦擦炳西身上的汗水，累了我们就倚靠在小床上坐一会儿。

傍晚，我突然产生一个念头：我要给炳西转院，找更好的医生来救炳西，让上天快点把我那健康的丈夫还给我。因为在医院的日子里，一天一天过去，炳西的腿越来越粗，肚子越来越大，炳西因疼痛而呼喊的声音也越来越大。每天我都在应付输液，协助中医换药，帮助炳西大小便，其余大部分精力都用在劝说炳西吃饭、喝水上，因为医生说只有多吃才能补充身体所需的营养，我和儿子乃至护工都千方百计地哄着炳西多吃点，实在没办法了就换不同的人来劝……好难哪！每吃一口饭都要劝说半天，看到他那痛苦的样子，也不愿意再强迫他吃了，于是也原谅自己："嗨，不吃就不吃吧。"可吃了那么多天的"靶向药物"，输了那么多液，也不见炳西有任何好转的迹象，我真的有点急了。趁着三姐在这儿，我马上出去打电话给我初中的同学——河北省第四医院的袁乃芬大夫，向她讲述了炳西的病情，请求她的援助。可是当她问起我是哪个科的时候，我却一无所知，马上跑回来找护工打听这到底是什么科，护工指着锦旗，我才知道这是肿瘤四科，我好像现在才晕晕乎乎确认：丈夫真的得了癌症。当我又要给袁大夫打电话的时候，我的儿媳妇张冉出现在我的面前，她说："妈，您不能这样，这是个大事，要和王雄商量，再说我们已经请到了全国最有名的专家了，不比四院的更好吗？张主任他们全心全意地帮我们，您这样做会伤害他们的。"我真的有点傻了，不敢再顺着自己的思路往下走，就婉言谢绝了袁大夫。

无助的我

炳西呀，你的病情越来越严重，整个人都变了形。肚子像个球，鼓鼓的、硬硬的，两条腿像两根柱子，肿得老粗，两只脚一按就是一个大坑，痛得你一会儿让我把床摇高了，一会儿又让我摇低了，东西根本不想吃，药也常常被你偷偷地扔掉，心疼死我了，我只好围着病床拼命地摇呀摇……

6 月 26 日（星期日），三姐她们要回去了，说吃完午饭再来看你，你说："这次不一样，你们不来我也让你们来。"炳西，这是什么意思呀？你是否知道自己要走了，为什么不告诉我？为什么不和我说说知心话。

三姐是最疼爱你的，看得出来你还在和这个姐姐撒娇呢，说这样揉挺好的，三姐让你呼气，你就配合着呼，像个小孩子一样。三姐更是和你难舍难分，走出病房后又跑回来，扒着窗户、推开门缝看着自己的弟弟，我强忍着，假装没看见。当我把三姐她们送出去的时候，三姐拉着我的手对我说："正华，咱们要好好治，但后事也要想到。"这是我最怕听到的话，竟然从三姐的口中说出，我越发感到事态的严重性。

种种迹象表明，炳西好像真的留不住了……然而我还是不相信这是真的。

无助的我，这个时候才真的感到"叫天天不应，叫地地不灵”。

炳西呀，你不该狠心地扔下我，你要是真的走了，我该怎么活呀……

几天的人来人往，加之丈夫的呼喊声，我要崩溃了，儿子已经晕了，他一头栽倒在小床上，还没歇一会儿，炳西又在喊：“雄，帮帮爸爸，摇！”孩子马上起来，一会儿摇着病床，一会儿又站在床上帮爸爸活动身躯，解除爸爸的痛苦。相依为命的娘俩就是这样努力着，渴望着、期盼着留住你呀。炳西，可癌症这种病真的太可怕了。26 日你已经什么也吃不下了，只喝了 150 毫升的营养液，自己连水也不能喝了，手还不停地抽动。老婶告诉我，手一变黄人就不行了。医生把炳西的手绑在床上，这是我不忍心的呀，只能强忍着痛，轻轻地用棉球往炳西的嘴里送点水……26 日的这一夜是我和炳西的小妹炳文、我的侄女王静守候的。这一夜，医生和护士都在紧张地忙碌着，吸痰、下胃管、上两个加压泵，这时炳西的血压只有 93 到 65，有时还降到 82，我紧张得几乎屏着呼吸，死死地盯着那个加压泵……

危在旦夕

6 月 26 日早上 8 点多，炳西大姐的儿子秀海就到了，炳西说认识他。正好赶上炳西换房，他还正好顶了用，一起帮助抬炳西，可待了一会儿，因单位有急事就急忙赶回去了。

当天，大概是 10 点多钟，炳西的弟弟炳义、弟妹淑玲、侄子王伟陆续来了，炳义悲痛地呼喊："大哥，大哥……"泪水洒满了衣襟，可是哥哥已经顾及不了这些了，但他好像知道亲人们都来了，他该走了，于是他的病情急剧恶化，疼痛使他难忍……

各方会诊的人来了很多，好像还有院长什么的，骨科、内科……突然来了这么多人，我越发感到不妙。果然下午王雄的小学同学建华、钱锐也来了，张主任找到了我，介绍了丈夫的病情，并对我说："王叔随时都有离开的危险。"我虽有预感，但始终不愿相信，但这次医生也说了这些话。我还极力地央求了张主任："换美国的药行吗？"她摇摇头，这时我才猛然醒悟：炳西真的没救了。在惶恐之中，我理智地告诫自己：这个时候，可不能离开炳西半步，不管什么人来劝阻我，我都不会离开他。我和炳文、王静守护了一夜，天快亮了，儿子把我拉到对面别人的床位上躺了会儿，哪里能睡得着呢！大约是第二天早上 8 点左右，有输液的病人来了，我马上爬起来奔到炳西的病床边。

这时的炳西已经不能喝水了，痰也增多了，体温上升到

37.3℃～37.6℃，尿几乎排不出来……小英来了，炳西正在输血，这个时候，只要是为了炳西，我什么事情都干得出来。输血我担心会感染，不肯让任何人靠近炳西，这时我二姐的大女儿周英和炳西侄女儿王静怕我一个人忙不过来，几次要进病房帮助我，我就很不理智地吓唬她们："别进来，出去!!"

我一直守着炳西，下午我还到小英住处休息了一会儿，等我回来，张主任问我："休息了一会儿吗?"我说："休息了一个小时。"当我再次进入病房的时候，好像再没有亲人们在身边的感觉了。在炳西输血的过程中，血从另外的针眼冒了出来，医生换了一个地方继续输血，并将家属全部赶了出来。要做手术，即在胸部下管输液，这时的炳西全身再没有可输液的血管了……

在紧张的抢救中，儿子王雄找到了我，对我说："张主任让做好思想准备。"这时，无助、无奈、无所适从的我才问起寿衣的事情，雄说："都准备好了!"

离　别

6 月 27 日，我一直在照看着炳西，唯恐他走了。中午我好像连饭也没有吃，晚上到了小英的住处，喝了点酸奶，哭诉了半天，就迷迷糊糊地睡着了。第二天早上见到了小明和小会，我们开车去了医院。

一大群大夫、护士跑来跑去，又开始输血了，突然间，他们都跑到炳西的病房，说："病危，紧急抢救！"但已经没有用了，炳西的脏器已经全部衰竭了，血压没了，心跳没了，炳西呼喊儿子"帮爸爸摇"的声音也没了。只见医生、护士们慌忙地拆拔设备，并让家属全部出去。我没有听他们的话，小英拉我，我打了她手一下，一动不动地站在屋子的角落里。我没有放声哭，也没有闹，因为我明白，只要我一哭闹，护士就会立即将我拖走，可我的泪哗啦哗啦地流……

她们清洗完后，我扑到了炳西的跟前，张主任对我说："不要将眼泪掉在他的身上！"只见炳西瞪着灰蒙蒙的眼睛，张着嘴，我祈求张主任快把他的眼睛、嘴合上，张主任迅速做了这两件事，但我发现嘴没有合严，我又继续托着炳西的下巴，直到合上。接着丧葬公司穿衣服的人来了，又让我出去，我依然没有听他们的，看着他们穿，感觉哪里会让炳西不舒服我都整理好，这时我心里只有一个愿望，让炳西舒舒服服地走。衣服穿好后，我把炳西的脸擦洗干净，为他梳理好头发，戴上帽子。突然，炳西的嘴里漾出很多带有黑色渣滓的黑水，丧葬公司的人迅速地擦了，没有弄到衣服上，我又仔细将他的脸擦干净……一刹那，他们就把炳西的脸全部盖上了，炳西就这样永远地离开了我……

这时的我舍不得离开炳西半步，屋子里好像只有我一个人，风不停地吹动着炳西身上的盖布，好像欲掀开又合上，好凄惨哪！好像王静在那里提醒我说："大娘，咱把窗户关小点吧。"我说行，后来谁关的我就不知道了，只是双手紧紧握着炳西的右手，焐热了，还和往常一样我们互相牵着手。忽然间，好像身边站着一个人，我抬头一看是马副市长，我告诉她：我把炳西的手焐热了，并郑重地说："炳西告诉我一切听您的安排。"她会意地点点头。

不一会儿，张冉走了进来，她说："妈，我也想握握爸爸的手。"我说来吧，她哭了，又像是在发誓似的说："爸爸您放心，我们一定照顾好妈妈。"

又过了一会儿，灵车就来了，这次他们二话不说，直接把我拖了出来，只见他们迅速地把炳西装入了棺材。眼看着炳西被拉走了，我走不动了，依偎在墙边一步一步地挪动……可听说能在楼门口看到灵车，为了能多看炳西一眼，我跑向电梯，到了楼门口，这个门、那个门到处找，原来可从另外的电梯出去。只见灵车迅速从侧面驶过，我发疯似的追，眼看着灵车走远了，我扑倒在地，号啕大哭："炳西，我对不起你，别把我扔下……"

炳西在想什么

炳西在病中，清醒时的那一瞬间在想什么，不用说当然是对我的挂牵。但突然的一声呐喊，让我明白了他在想什么。

炳西在工作和事业上是个不外露的人，2007 年 60 岁退休后，经常很自然地和邻居们在一起聊天、散步什么的，没想写什么自传。因为他有自己的一些思想，我和儿子就劝说他，为什么不写出来呢？他最后同意了我们娘俩的意见。近几年来，他开始写《往事》(故意起了个不显眼的书名，自己还反复强调这不是什么书，只是经历和想法)。正像炳西所承诺的，这个《往事》不同于一般的自传和回忆录，他没有写自己一生中有什么光辉的业绩，只是表达了自己对社会上的人和事情的看法，体现了他不同寻常的思想方法和人格魅力。他和我说过世界上有四种人：一是有才能，极力表白；二是有才能，不去表白；三是无才能，还要表白；四是无才能，也无能力表白。我觉得我的丈夫是第二种人。从他在小本本里写出的每一句话，到他平常和我讲述的观点和老子的名言，我深深地体会到丈夫是一个很有头脑、很有理智的人，而且是一个很好学、很扎实、很有理想和抱负的人。

在病中，受病魔折磨的他没有和我们说过什么他所要说的话，但他不是完全没有思想的。有一次，他在昏睡中大喊了一声：“Andy!”6 月 17 日，炳西听说 Andy 要来看爷爷，说什么也不回去，说这样见孙子多好。见到了孙子，看他那个高兴劲儿，还用手比画着说："现在咱就是个好学生，以后继续当个好学生。"雄 6 月 13 日从北京回来，穿了一件海蓝色的上衣，他看了，不知怎么表达自己对儿子的喜欢，就说："嘿，真好看!"还有一次，他精神比较好，就跟我和儿子说："咱们这个家已经很好了，不过你们不要依靠老子，要自己创业。你、雄和 Andy 要敢于出去闯，要去深圳。"

我断断续续地回忆着他说过的那些话，看得出来他很爱我们这个家，并寄予了厚望。他停止呼吸的时候，是瞪着眼睛、张着嘴的，这象征着他对人生的渴望和对未来的追求。他好像在大声地喊："正华，王雄，你们可要好好保护这个家呀，我看着你们哪!"他不愿意离开这个世界，更不愿意离开我们这个家，想看到我们的未来……

悼念的人群

永别了炳西——我心爱的丈夫

6 月 30 日是送别炳西的那一天，这就叫生离死别，我将再也见不到我那可爱、可亲、可信赖、可依靠的丈夫了。

29 日晚上我和我二姐的二女儿小二去了宾馆，忍不住又和小二哭诉了炳西对我的好，一直到 11 点钟……

好像是睡着了，但我惦记着要送炳西走，定了 4 点 50 分的闹钟，但在 4 点 35 分就醒了，马上叫醒小二，匆忙赶回了家。

一片萧条的景象，但我没有哭，命令自己坚持住，因为这是我对丧葬公司负责人的承诺，只要我哭闹，他们就不让我去送炳西了。

炳西的遗体早在 6 月 28 日就从石家庄市第一医院移送到了石家庄殡仪馆，家里摆设了灵堂。起灵的时候我也没有哭，因为我怕炳西不放心，只说了一句话："炳西，一路走好，放心！"丧葬公司的负责人大声喊道："晚辈下跪送别！"黑压压的一片，好让人心酸，炳西的遗像由儿子端着，灵牌由孙子捧着……

慈安厅馆布置得庄重肃穆。石家庄市副市长马静及原单位的好友、我的好友、儿子的好友和炳西的二姐、三姐等亲属都来了。我当时只是懵懵懂懂地听见我的侄子小明小声对我说："别光顾着哭，好好看看我老姑父！"是的，我很明白，因为这是永别！一会儿，炳西被推进悼念厅，人们环视告别了炳西，我没有哭，只是眼里浸满了泪水。当炳西被推到我面前的时候，我死死地看着他，双手捧着他的脸，又艰难地松开了我的手。炳西真的走了，我再也见不到了——我的丈夫……

我走出了悼念厅，看看送别的朋友们，我还对马副市长说："我要以坚强的面孔来面对炳西，让他放心。"离开这个地方之后，我才放声痛哭起来……

这一天，天是阴沉沉的，等我们把事办完了，天就下起了雨。是真的吗？难道是老天爷也为这个好人哭泣吗？

吃完午饭，送走了亲人，天又下起了雨，好凄惨！离别时炳西的面孔印在了我的脑海中，我回味着，哭泣着……

一个带有真情的好市长

在悼念的人群中，最让我难以忘记的是我认识多年的石家庄市的马静副市长。

炳西最得意，也最信得过的好友张香蒲首先得知了炳西生病的消息，来医院探望，表示马上通知马副市长。马副市长出差了，马上就回来。6 月 24 日，马副市长来医院看望炳西。炳西很感激，当时好像挺清楚的，还说了句道歉的话："平常说话总爱反着说。"马副市长安慰着说："那不挺好吗，挺幽默的。"接着她很关切地问起病情："怎么会这样?"马上找到主治医生了解情况，我也去听了，当时我还期盼着马副市长能找到更好的医生。但听了金大夫讲述之后，她再也没多说什么，我也扫兴地迅速回到病房看护炳西。马副市长看样子很舍不得离开，刚走出去又回来了，说："我再去看看他。"于是扭头就又回到了病房，双手握着炳西的手："好好养着。"然后哭着离开了医院。她的泪水是那样真诚与无奈，真的让人难以忘怀。

离别的那一刻，当我握着炳西的手痛哭的时候，依然是马副市长站在我的身旁，和我一起哭泣着。炳西走了，家里设了灵堂，走进我家门的依然是马副市长。在告别大厅里，第一个走进来的还是马副市长，她手捧鲜花放在了炳西的身旁，然后庄严肃穆地看着炳西，离开了他……

多年的同事，多年的朋友，多年的伙伴，多年的领导……他们多年在一起工作，一起游玩。更重要的是炳西得到了马副市长的支持、信任与帮助。炳西常对我说从马副市长的身上学到了许多东西，我为炳西能遇到这样一位好市长而感到幸运和自豪。

兄弟般的情怀

万勇是炳西共同工作多年的好伙伴、好兄弟，由于工作的升迁，他常在外地工作，平日来往较少，然而兄弟的情谊不在形式，而在内心。

他在听说炳西病情的时候，迅速赶到医院看望，并给王雄发来短信，说：“你爸是个好人，走得早了，没能提供什么帮助，很感遗憾、痛惜，请向你妈转达我的慰问之意，望节哀保重。何时告别告我。孙万勇。”言语不多，但充分表达了他的真实情感。

7 月 31 日是炳西的五七，我和王雄提前一天烧了纸，来到了北京。来京的第三天，想着应该给朋友发个信息，其中就有万勇弟弟，短信的称呼是万勇弟弟，官位的称呼我是不大喜欢的，这样我倒觉得亲切，万勇的回信也以嫂子称呼我，这才叫互相理解吧。这个弟弟还真的有好兄弟的味道，没有想到这个不大喜欢用语言表达什么的万勇弟弟，送别炳西后还为炳西写了一首诗，内容是这样的：

忆炳西

遥想当年意风发，
书生议政写春华。

不从利势秉直言，
岂为名权铺路达。
两袖清风朴如初，
一生正气素到家。
君在不觉近芳草，
君走方叹思天涯。

我将记住这份弟弟般的感情，炳西虽然走了，但我们的友谊长存。我发短信告诉万勇，记住：“请告诉铁祥（万勇的儿子），他在北京还有一个哥哥王雄。”

我最尊敬的人

——追忆炳西书记

石家庄市文化广电新闻出版局副局长　刘寒

刘寒是和炳西一起工作多年的好伙伴。当我处在绝望悲痛中的时候，是他像个小弟弟一样坐在我的身旁，不会多劝我什么，难受的他只是一直和我嘀咕："嗨，没见着，晚来了一步！"事后，他一直很思念炳西，写下了这篇文章，我将原文记载了下来。

他走得那样突然，走得太早，令我们非常惋惜、非常悲痛。在我从政的近 30 年中，炳西书记的人品和官品都始终是我的一面镜子，对我的人生观、世界观、价值观产生了深刻的影响，激励着我不懈奋斗。就是这样的一个好领导，却被病魔无情地夺走了生命。他去世的时候，退休时间不长，并非耄耋之年。他的离世，给我带来极大的悲伤。回忆与炳西书记共事的点点滴滴，我感慨万千。

炳西书记是我为人的楷模。炳西书记十分健谈，文字功底深厚，口碑甚好。1991 年初，我由地委农工部调到市委财贸工委工作，炳西书记把我作为重点培养对象，各方面给予了我无微不至的关怀。在工作上，他严肃认真，对我严格要求。在财贸工委工作的几年中，我获得过他诸多的指教，因此我一直对他心怀敬仰。在生活上，他是一位重情义的人，是一位有人情味的好领导。他不但关心我的成长，还关心我的生活。1993 年，炳西书记顶住各方面压力，把在财贸工委分到的一套住房给了我，从此我有了一个“窝”，可以安心工作了。炳西书记在我心中是一个善良的人，一个厚道的人，一个正直的人，一个清廉的人。炳西书记性豪爽，人真诚，人缘好。无论是谁，只要有求于他，他从不推拒，且尽心竭力。在我看来，他是一位循循善诱的长辈，也是一位平易近人的尊师和兄长。与炳西书记相交，是君子之交，爽若清风，淡如水。如此朋友，最为纯洁、真挚。

炳西书记是我为官的榜样。作为一名党员领导干部，炳西书记工作勤勤恳恳是出了名的。他忠于职守，任劳任怨，爱岗敬业，以强烈的事业心和责任感出色地完成各项工作任务，并创造性地开展工作。他注重调研，善于协调各方面的关系。他对下属的要求十分严格。当工作做得不是尽善尽美的时候，他会直言不讳地指出。当工作做出成绩的时候，他会毫不吝啬地表扬。炳西书记曾批评过我“不能太书生气”，对我震动很大，甚至可以说对于我的整个从政生涯都产生了作用。他是石家庄财贸事业的开创者之一，石家庄财贸工作的每一步发展，都凝聚着他的心血。

炳西书记是我生命中的“贵人”。我们中国人特别讲究遇到“贵人”，在关键时候能帮你一把、拉你一下。炳西书记就是我遇上的“贵人”。我开始进入政府部门工作时只是个无名小卒，屡屡碰壁，但我遇上了炳西书记这个成长进步的“伯乐”和“恩师”。可以说，炳西书记是我从政生涯的启蒙老师和引路人。我多次在他办公室聆听他的谆谆教诲，至今犹在耳边环绕。人在艰难困苦的时候，特别需要“贵人”、朋友来帮。当年那些曾经给过我们帮助的人，值得我们一生去感恩和记住。炳西书记曾是我工作上的直接领导，也是我生活中的至交密友，更是我初入社会这座大课堂后的第一位启蒙“恩师”。我从事行政工作近30年，跟着炳西书记一起工作算是7年多一点的时间，我在他身上看到的、学到的东西是用笔墨写不完的，它们都成了我一生中弥足珍贵、享用不尽的财富。他对我的爱护之心溢于言表，恨铁不成钢之情毫不掩饰。是他启迪了我为人处世的哲理、做事做官的追求、交朋结友的原则，是他使我学会了许多面对群众的工作方式与方法，面对难事险情、矛盾激化的应对策略与谋略，面对困难重重、压力山大时的勇于负责与担当。他对我的知遇之恩，我永生难忘。时光荏苒，光阴似箭。30年过去了，现在回想起来，没有他当年的栽培，我的人生道路极有可能完全另样，他直接影响了我几十年来的人生轨迹。没有他，就没有我的今天。

炳西书记是我最尊敬的一个人。敢于坚持原则，严格要求自己也严格要求下属，是炳西书记长期坚持的工作作风。炳西书记一身正气，两袖清风。他是一个爱憎分明又不善掩藏的人。炳西书记为人低调，公道正派，生活俭朴，知足常乐。他一生唯一的嗜好就是抽烟，后来烟也不抽了，一生基本不喝酒，稍微喝点茶。炳西书记退休后的生活也同样简朴，直到去世，他一直和老伴住在面积狭小且是顶楼的市委老宿舍里。在他退休后的日子里，我每年过节都要抽点时间带着家属和孩子去看看他，借此机会当面汇报一下我的工作情况，亲耳聆听他的教诲。他仍关心着我的成长和进步，令我十分感动。近30年来，尽管工作平平淡淡，事业起起落落，人生坎坎坷坷，虽说没有达到他的期望，但也没有给他太多的失望。在每次有限的见面时间里，在像父子情深的言谈中，我还是感受到他老人家些许满意的声音和少有的赞许。

“政声人去后，嘉誉冠清名。”炳西书记，虽然再也看不到你的笑容，听不到你的声音，但是你的崇高风范一直珍藏在我的心里，这种朴素真挚的感情，将成为我永远的记忆！

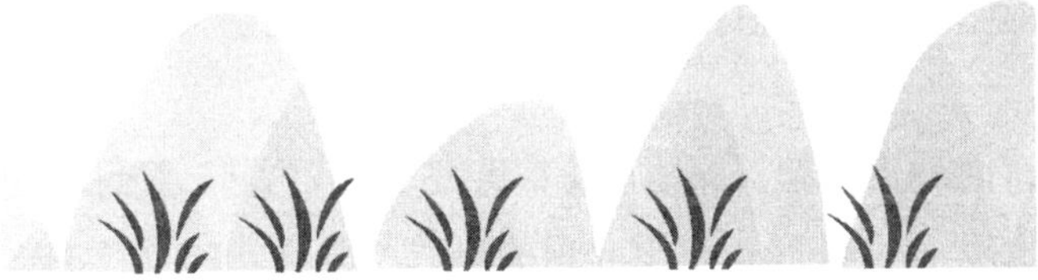

老总们的真情

炳西的离去我首先想通知的就是刘总。他是我从事教育工作之前在石家庄信托投资股份公司工作时的领导刘建勋总经理。因为刘总总是给我一种可信赖、亲近的感觉。当我打通了刘总的电话时，我几乎哭着说不出话来。刘总得知真相后，马上对我说："刘工（我名刘正华，原来在石家庄信托投资股份公司电脑部任经理，所以人们都习惯地称我为刘工），别哭，我马上通知白总他们。"当时的我真的傻了，好像是在做梦，不相信这是真的，只知道流泪，炳西的后事我根本入不了脑，是老总们帮我操办这一切。让我更没有想到的是，原石家庄信托投资公司刘建勋总经理、河北银行的李艳霞行长专程从北京赶了过来。我没在家里，他们就又到旅店里去看我。原石家庄信托投资股份公司的张文甲书记也来了，曹春长副总经理虽然没来，但特意托别人送来了对我的安慰。

老总们的这番真情深深地打动着我的心，我仿佛又见到了信托人的真情，不由得想起了 20 年前的事情。那是 1998 年 1 月 3 日，炳西突发心脏病，同样处在高危的状态之中，那么健壮的人一下子得了这么重的病，医生都说出让我准备后事的话来，无助与害怕使我第一个想到的人就是刘总，我哽咽着已经说不出话来了。刘总正在给全体员工开会，他竟然破例地接通了我的电话，简单地问了我在哪个医院，然后就来看望。炳西最危险的时候到北京做手术，没有想到刘总又派张书记、李总专程到北京看望。这种真情厚意，我永生永世都不会忘记，在以后的日子里，我会好好报答他们。

可亲近的信托人

噩耗传开，我曾经工作的原石家庄信托投资股份公司的好友们都来悼念。公司电脑部全体、各营业部的老总、我的五姐妹等都来了……

北京首创证券河北分公司总经理白宝善担任炳西后事的总指挥，他一直待在我家里，处理着各项事宜，直到都安排妥当才肯离开。

北京首创证券河北分公司副总李金江安排好了大轿子车后，还特意说："你要把刘工照顾好。"这是他嘱托我当年曾在上海分公司工作的好伙伴赵亚峰的话。没有什么华丽的语言，但真实体现了他的关心，他使我不由得想起了十年前。我们曾经是搭档，共同在上海筹建营业部，他任营业部副总，我任电脑部经理，其实就地位上讲没有什么差别。然而，他总是像小弟弟一样，尊重我，关怀我，帮助我完成电脑部的一切工作。那个时候我也像大姐姐似的很喜欢他，一起打保龄球，一起唱歌（说实在的，很多新时代外场的事情，我还是从那个时候开始熟悉的）。还有亚峰、张宁、韩杰等，别提有多么快乐了。有一次赶上了上海地震，大家都玩命地拉着我往外跑，真是到关键时候见真情呀！还有一件使我记忆犹新的事情：在紧张的营业部的建设中，大家几乎没有休息的时间，经常要工作到中午 12 点以后，那个时候，常常是当时上海分公司的经理李金江给大家买饭。一次我突然发起高烧，住进了医院，一边输着液还要一边修改合同，李总看了心疼坏了，严厉地批评那些小兄弟们："你们是干什么的，怎么会让刘工发烧呢?"他的这份责任感，他的这份亲人劲儿真是感人肺腑呀。

什么是姐妹情？看信托五姐妹（我在石家庄信托投资公司工作时五个要好的，如同姐妹的好朋友，她们除我以外的四位是李艳霞、王新风、陈新蕊、李惠英）的关系就知道了。我流浪漂泊在外地多年，是她们让我尝到了姐妹的味道，家里有事她们必到。炳西去世，她们自然都来悼别，见到了她们，我犹如见到了亲人，悲痛的泪好像凝聚在了一起，哗哗地向下流，那个能说能干的妹妹新蕊不停地劝解着我；心里有数，不善多表白的新风安慰着我："保重自己的身体，咱们还得往前走!"那个更不善言语的惠英妹妹只知道陪着我哭……

信托人让我感动，让我温暖，给了我活下去的勇气。可亲的信托人，我要永远永远地记住你们。

太原十八中初十二班的学生们

炳西呀，你为什么那么使我怀念？昨天儿子来电话，我又忍不住掉泪了，他问我：“吃饭了吗？”我说：“一个碗，一双筷子，再也没有你爸爸了，我太想你爸爸了……”

记得我的爸爸生前对我说过：“一个人怎样，要盖棺定论。”是的，炳西走了，但知道他的所有人都会说：“他是个好人！”

得知炳西去世的消息，原太原十八中初十二班的好多学生都来了。

太原十八中初十二班的学生们，这是炳西 40 多年前结识的一群“小朋友”，如今他们也都快 60 岁了，但是他们还都在怀念着这位王老师，好几个同学特意从太原、北京赶到了石家庄。

40 多年，弹指一挥间，懂得感恩的学生们常常专程来看王老师。

记得那是一个寒冷的冬天，李东秋出差，特意绕了弯儿，目的是给王老师送山西汾酒；记得那是一个炎热的夏天，王晏梅来石家庄特意把老师请到旅店里，因为旅店里凉快，怕热着王老师，还给老师买了特别凉快的新衣裳；张赤和丁学强结成了亲家，大胖孙子降生，特意跑到石家庄给王老师报信，请老师吃饭……这一桩桩事我都铭记在心中。

“人的一生要多做善事，当个好人，多给他人帮助才是真正有意义的。”这是炳西经常对我说的话。他的话让我牢记在心。我在日记里这样写道：“炳西人很好，也是因为他人格的魅力，40多年前的学生还对他这么尊重，我很知足了，没有嫁错人，这是我人生中一个重大的正确选择。”

邻居的呼声

炳西住院后，我在医院和家之间跑来跑去，是不是邻居们看出来了？我也不知道。不记得是哪一天了，邻居小王见到了我，拦着我说："我们姐妹之间，不是我说你，以后就别干了，挣多少钱是够呀，在家里好好陪陪王书记吧。他是多么好的一个人哪，整个世界也难找到几个，别让他自己在医院里，多孤独呀！"

28日炳西走了，我怕来往行人不方便，就敲了四楼邻居的门，希望她能把楼道清理一下，并告诉了她这个不幸的消息，她一听就傻了，急忙说："怎么会呢，前两天我还看见他遛弯了呢，孩子还念叨这个爷爷，说这个爷爷可好哪！"并表示，别管了，我马上收拾，把整个楼道打扫得干干净净。还来家里悼念，送了礼金。

消息传得好快，很多人都知道了。90来岁的王检察长来了，80多岁的周局长也来了，他们的到来使我很震惊，怎么爬到五楼上来的？老人家很悲伤，纷纷表达说："他是个好人哪！"

每年来暖气的时候，炳西都会在三楼、五楼、周局长家里跑来跑去的，唯恐老人家的暖气不热，平常这些老人家里有什么小事情、小零活，他都会不厌其烦地帮助完成；有时候还嘱咐孩子们："告诉你爸走路别太快了！"

一个人做点好事容易，但要做个好人，而且是被公众认可的好人可不是一件容易的事情。炳西 2007 年 4 月 1 日退休，一般人很难接受，会产生很大的失落感。炳西不能说是没有一点儿这个感觉，但他很容易接受现实，很快就适应了社区的生活，以一个普通市民的身份融入这个社区群体。不管男女老幼他都会热情地打招呼，一起聊天，一起买菜，一起锻炼身体，还约朋友一起遛弯，看着活得可充实呢！他很心细，因为自己得过心脏病，该吃什么药，平时生活上该注意什么，甚至我该吃什么药、补充什么营养，他都安排得井井有条。

他没有什么官架子，更没有高低贵贱之分，就连市场上的小贩，他也能和人家聊得很开心。他总是很同情低收入群众，买菜很少和别人讨价还价，有时候零头钱就不要了，还倒贴给人家点钱。他经常对我说："他们挣这点钱多不容易呀！"有时看到临街小店经营不善，也不知道他懂还是不懂，就给人家出主意，帮他们想挣钱的办法。在此我不由得想起，奶奶去世的时候，有一个朋友说："我总记住王书记的一句话'送人玫瑰，手有余香'。"是的，他就是这样一个永远以助人为乐的人。

两学院的老师们

河北传媒学院和石家庄理工职业学院里我熟知的老师、领导们都来了。理工学院的老师们和我的感情比较深，翟院长、封老师、石老师等，还有在机房工作过的伙伴们都来了。陈淑娟老师、王春艳、张彦芳等都抱着我哭，希望我自己能健康地生活下去。丁老师、石磊、智会云没有见到我，石磊在浙江出差，要回来看我，丁老师和智会云也发来了短信。

丁老师："惊悉王先生去世，十分悲痛。望刘老师节哀保重。丁老师。"

智会云老师："刘老师，您别哭了，得保重自己的身体，中午去没见到您，我这会儿在单位加班呢，过不去了，等石磊回来了，我再和她一块去看您。"

传媒学院的老师们是我结识的新朋友，他们淳朴的语言使我久久地沉浸在回忆之中。

陈院长："如果有时间，看看明天早上升起的太阳，当年我是这样过来的。如果有时间，下周末参加一下计算机学会的年会，你会看到外面的世界仍旧如一。"

高璐老师："我们都是您的孩子，有什么事情您就说话！"

周燕老师："刘老师，真是抱歉，我刚才监考时才听刘宝静老师说起，我刚刚知道这个噩耗，对不起刘老师，没有及早过去看您。刘老师，一定要节哀啊，保重自己的身体。刘老师，后续还有很多事要处理，有用得到我的地方您只管说话。刘老师，请一定要照顾好自己，别太伤心了，身体要紧。”

王雷老师：“嗯，期末的工作不用操心，刘宝静老师已经安排好了，因我在给学生上课，两门卷子给了晓君，计算机基础给曹老师了，交卷时我会把好验收关的。”

“你去北京或是天津住几天吧，照顾好身体，不要过分悲伤。”

刘宝静老师：“您在石家庄吗？今天来您家看您，您没在家。改天再来看您。”

“听说您明天下午没时间监考，那我替您监考行吗？周四您来的时候，我把卷子给您就行了。”

“刘老师，叔叔到底怎么了？能告诉我们吗？大家都着急想去看看您啊。学校的事您不用管了，我们只关心您和叔叔的身体。”

“真担心叔叔啊，大家都祝叔叔平安。有事您一定告诉我们啊。”

老师们一句句真情的语言和实际的行动深深地打动着我，我从茫然中好像看到了希望，还是很高兴和他们共同工作在教育战线上。然而现在的我，依然是沉浸在思念丈夫的悲痛之中。过去的备课好像是两个人在一起干，总是有一股无穷的力量。有了成绩我们两个共同分享，有了困难和不快，他一定能帮我解忧。今后，学校依然是原来的学校，而我那个温暖的、祥和的、富有生机的二人世界却消失得无影无踪了……

亲友真情的悼别

张香蒲是炳西生前好友。炳西在生病期间，尤其是到了后期，她总是说让我们娘俩看电话。在炳西病危以后，她几乎是最早赶到医院的，并张罗着联系马副市长和朋友们，事后她还惦记着我，特意给王雄打电话，询问我的情况。7 月 31 日我来到了北京，那已经是来京的第三天了，想着应该给朋友发个信息，其中香蒲妹妹回了短信，对我说：“嫂子，王书记突然离世，我们心情十分悲痛，他是德高望重的好领导、好兄长呀！对家庭、对同事、对朋友真诚、真心、热情、关怀备至，是我们学习的好榜样。因过于悲痛，也怕嫂子见我们太伤心，和小雄联系过几次。请嫂子多多保重身体，照顾好自己。有事就和我们联系，过一段时间再去看您。”香蒲的真诚让我感动，她是一个体贴入微的好妹妹。

炳西生前多年的好友金辉。炳西病危时，他接受不了这个事实，一看到炳西病成这个样子就哭了。一个大男子汉哭成那个样子，让我心都碎了。多年来他一直关爱着炳西和我们这个家，整个后事全部由他操办。

炳西生前好友马明军。炳西生病后，第一个带着爱人来看望的是他。他多次来到医院看望，大小事情他全盯着。

炳西生前好友李会刚。敢说也敢干的兄弟，大事上头脑清楚，骨灰盒的事情由他一手办理。

我的工作好友，也是我儿子的同学赵亚峰。知道叔叔病了之后，孩子多次为我们送饭，在办理后事时很多具体的事情都由他主管。紧接着谈起墓地的事情，他二话没说赶到家里，掏出钱来，说买墓地的事情有他一份。

育琦是曾和我们住一个单元的好朋友。2016 年春节到来之际，他给我们发来祝福短信："年，就这样隆重而来，悄然而去，一年又一年，丰富了记忆，苍老了容颜，迎来了春光，送走了冬寒。一年又一年，我们从孩童走进中年，从中年又走进老年，满怀着憧憬和希望走到今天；一年又一年，不必感慨也不必抱怨，最好的选择是顺其自然；一年又一年，感恩生活，珍惜相见，放开胸襟，随遇而安！在 2016 年新春到来之际，衷心祝愿你们健康、快乐、平安!"可是没有想到，就在这一年，炳西永远离开了我们大家。我哭着把炳西去世的噩耗告诉了育琦，听后他迅速赶来，可没有和我相见，他立刻给我发来短信："正华：沉痛悼念好兄弟炳西逝世，愿他一路走好！望您节哀保重!"

孟老师。他是我后来结识的好朋友，是个军队院校的军级教授，在学校里一直对我不错，炳西再三嘱咐我要尊重这位长者，我也一直按照炳西的意思处理和这位兄长的关系。我给他发了短信，但是他没有看到，几天后他看到了，立刻给我来了电话，深表痛心，并嘱托我应该保重身体，少教点课。

……

炳西，朋友们对咱家的帮助与关心，我一定牢记，我要步你之后尘，并教育好我们的后代，注重和周边的同事、朋友搞好关系，永远记住你常说的一句话："送人玫瑰，手有余香。"

我那懂事的弟弟

6 月 28 日，灵堂布置好了，人们陆续来到家里悼念，我哭泣着迎来送往，感谢每一位朋友、亲人。

29 日下午，二姐来了，她放声哭泣着、呼喊着："我那懂事的弟弟……"她几乎控制不住自己，哽咽地讲述弟弟懂事后的全部。

"他还很小的时候，由于是男孩子，所以好多事情都叫他去干。妈妈给了他 5 角钱让他去接我，他没有接着，第二次又去还是没接着，他依然没有花掉这 5 角钱，却用这钱给家里买了个擀面棍回来，一到家就从袄袖里推了出来。"说着说着二姐很激动，拿起弟弟的遗像抱在怀里……姐姐的这种真情是难以用语言表达出来的。

炳西五年大学的学费就是这个二姐提供的，炳西一直念念不忘，为了表示弟弟对姐姐的关心，没有什么重礼，每年都想着给二姐寄份挂历去。在平常总是嘱咐炳文、炳义，你们年岁小点，一定想着把二姐和三姐照顾好。就是在他得病期间，6 月 17 日那天，当我把他推到院子里时，他告诉我："我放心不下的就是二姐。"二姐一直在哭，他还念叨着："你也像照顾妈妈那样，也照顾二姐几年。"然而期盼终究是期盼，炳西已经永远地离开了我们大家，再也哭不回来了……但是，能让二姐放心的是还有我，我一定会完成炳西没能完成的事情。

三姐的电话

三姐这个真诚的姐姐，为了这个弟弟，她不惜牺牲自己的一切。在 1998 年炳西那场大病期间，在病危的时刻，是三姐守护在弟弟的身旁。这次炳西病危想告诉又不敢告诉的就是这个三姐，她身体不太好，能接受这个事实吗？

三姐很快就来了，且坚持不回去，要和我一起照顾炳西。但看她那瘦得怕人的身躯，怕累着她，我动员了大家说服她，先回去再来，她接受了。但她离开得好难哪……

炳西的事后，他像疼爱弟弟一样疼爱我，多次打来电话，说“我准备好了 10 天的药。”“我虽然有那点毛病，但行！”“只要你说让我去，我马上就走。”

她所做的一切没有半点虚假和做作，这使我不由得想起二舅（我的二哥）讲述三姐为了这个弟弟结婚不辞劳苦的故事。那是一个寒冷的冬天，还刮着大风，二舅赶大车（那时的交通也不是很方便，没有顺路的公交车），看见一个女同志抱着一个大镜子，迎着大风艰难地走着，这就是现在这个骨瘦如柴我的三姐，为了弟弟结婚把家里布置得好一点，就从市里买到了这个大镜子。如今的三姐已疾病缠身，但她依然是那样爱自己的弟妹们。她真是我的好三姐，一个永远都肯付出的三姐……

孙子的小手

孙子没有遇到过这样大的事情，也没有见过家里会有这么多来往的人，他似乎处于懵懂的状态之中，只是大人干什么，他也跟着干什么……

我的儿媳，也就是孩子的妈妈告诉他："明天你还要来。"他马上问："我要做什么?"妈妈给他讲述了一遍，他会意地点头表示记住了。6 月 30 日，他准时站在那里接过"灵牌"，两只小手紧紧地捧着。那天我也不知道他住在了哪里，如果是住在了姥姥那边，他大概 4 点多就得起来。到了休息厅后，孩子困得不行，他坐在椅子上，头一个劲儿地一会儿往这边歪，一会儿又往那边歪，但是他的小手却紧紧地抱着"灵牌"。众人看到，都夸奖说："您这个孙子可真好，将来准是个学霸。"还有的亲属问他："你是否会打篮球?"他回答说："是，但打得不好。"孩子的妈妈听了很高兴说："还知道谦虚呢。"

6 月 29 日，当我悲痛得难以自控的时候，亲友们都来劝我，我的这个小孙子坐在了我的旁边，不会说什么，只知道用他的小手给奶奶擦眼泪，还不时地将头靠在奶奶的身上。

这段时间让他很疲倦了，他妈妈说带她到青岛去玩玩，他愉快地接受了，并给我来了电话，希望我也和他们一起去。我告诉他：“奶奶现在还没有心情，五七还要去烧纸。”他明白了我的意思说：“奶奶，您别太悲伤了，注意保重身体。”他懂事了，心里有数，但还不懂得如何表达。

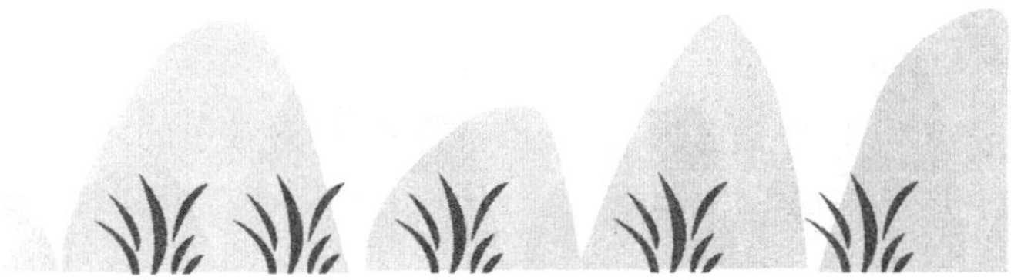

会子的真言和照片

我大姐的女儿小会来了，她好像代表了刘家的下一代，好多事情她都能处理好。我的侄儿和侄媳妇小明和美艳，大龙和丽荣，以及我二姐的两个女儿小英和小二都来了。

当时的王雄和他妻子张冉都顾不上一些细节上的事情，可是小会这个大姐还是很细心的。是她拍下来老姨夫追悼会上的遗像，并记录下来当天的天气和实况。

炳西的追悼会会场

永别了我的丈夫，告别了亲朋好友，我失声痛哭起来。记得是会子和小二和我坐在一个车上，建华和伟伟分坐在主、副驾驶的位置上。他们默默地听着我的哭声，并没有多劝我，因为似乎他们明白，这个时候应该让我哭，这是真正生离死别的悲痛呀！

炳西呀，我再也见不到你了，这怎么能让我相信会是个事实？在我们相伴的日子里，你是那么疼爱我，你怎么会将我抛掉？你走了，把我的心都带走了。正像你说的：“我走了，你会受不了的。”无奈之中，我写了一首诗发给了小会，因为好像会子最懂我的心。

“小会，老姨写了几句话想发给你，但不知能否发这么多字。”

“能呀！您发吧！”

“收到后念给你妈和二姨等。”

“好，我知道了！”

“全文都收到了？”

然后会子回了情真意切的短信：“看了让我心痛，止不住地流泪，人生就是这样。有相聚就有分离，多么恩爱的夫妻，多么相恋的爱人，终究会有分离的那一天，虽然我们痛彻心扉，万般不愿，但当现实出现在我们面前时，一定要选择坚强，选择坚强也就是让自己逝去的爱人放心，因为姨夫爱您，他最大的愿望是让您快乐和幸福，我相信姨夫会看得到的。夜空上的繁星，有一颗星为您

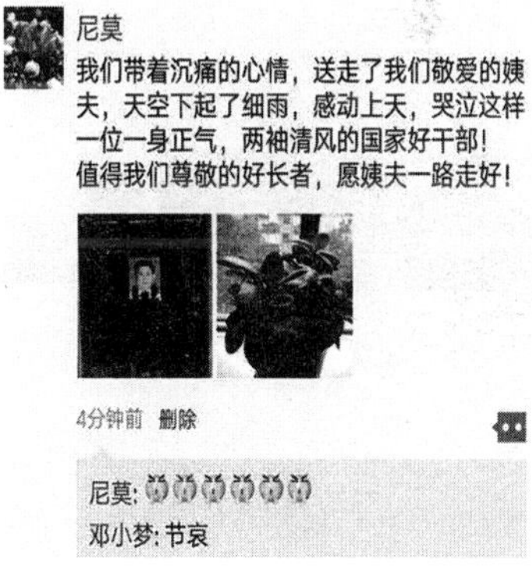

会子在微信里表露自己的心情

闪亮，那是姨夫的化身，他会在天上看着您的，会陪伴您度过未来的岁月。坚强地好好生活，让姨夫放心呀！就像您在最后和姨夫告别时说的话一样：‘放心吧！炳西！’我们大家都相信您会做到的呀！”

“会子，我虽然说了，让你老姨夫放心，但那是为了让他安心。而他永远地走了，可是他的形象、他的面容总是在我的面前晃来晃去；在我上班前后，他对我嘱托的声音总是在我的耳边作响；他对我每个细小的爱都是那样让我思念；他的每一个行动都是那样让人心痛。他真的是很难让我忘记，每天只有泪水陪伴着我。我心爱的炳西走了，留下来的这只孤雁真的是很难飞呀！去哪里呢？”

我的思念

遗　物

丈夫走了，他没有给我留下什么珍贵的财产，但却留下了他对我的疼爱和一颗好人的心。

有了伤痕的苹果

炳西刚去世的那几天，除了悲痛，我的脑子一片空白，一直生活在炳西温暖的怀抱里的我，几乎都无法生存，不用说做饭，就连吃饭的念头也没有了。我真的傻了，不知道是否要吃饭了，打开冰箱看看还有苹果，拿出来还没吃，眼泪就不住地流下来了，这个有伤痕的苹果还是炳西没生病的时候给我买的呢。我每天都上班，扔下他一个人在家里，他很孤单的，总是盼着我早点下班回来。在我下班还没回来之前，他就开始忙活，又是倒水，又是把水果削好了放在盘子里，接下来就是等着给我开门。我一推门进来他就高兴地和我打招呼，或者开玩笑，那个时候我们两个的日子过得可真甜美哪。他为了给我增加营养，就换着样地给我准备水果，这个苹果还是那个时候他给我准备的，这个善良的可人疼的丈夫真的把我的心都摘走了。现在让我痛心的是在他生前我没能好好地陪陪他。记得有一次，我和他出去散步，就问他："有我和你遛弯跟你自己遛弯一样吗？"他说："当然不一样，好像有了依靠，心里踏实多了。”现在回想起来我多后悔呀！当时的我只知道备课，不懂得关心一下丈夫，有时候太晚了，丈夫就催我睡觉，我有时候还发脾气，这是多么天理不容的事情呀！我好后悔，好恨自己呀！

单只袜子

炳西的追悼会上有副对联：“一生含辛茹苦克勤克俭，终生为人善良亦忠亦厚。”我觉得这副对联很逼真地刻画出了我的丈夫。他不论是当教师，还是做普通的干部，甚至是有一定职位的国家公务员，他从来都不计较官位，总是以一个普通百姓的身份出现在大众的面前。他为人和气，助人为乐，宽以待人，却总是严格要求自己，从不追求个人利益，更不会拈花惹草，在自己的生活上真正做到了克勤克俭。他从来不会去商场买什么高档时髦的衣服，需要添置一些换洗的衣服时，也是自己在早市上买，或者买布请裁缝做。家里较好的一件大棉袄、两件上衣和一件风衣也是儿子给他买的。内衣内裤就更不用说了，都是在早市上买的低档的产品。他有一个特点就是穿袜子比较费，没多长时间袜子就破了，于是他就从早市上买了许多一块钱一双的袜子。就是这一块钱一

炳西遗留的单只袜子

双的袜子他也不肯浪费。坏掉一只，把好的一只还留着，准备和另外一双没坏的一只袜子配套穿。厚一点的袜子他就让我补了再穿。上面这张图片是我整理他的遗物的时候，找到的一些单只的和上了补丁的袜子。我的丈夫真是一个可人疼的人呀，这些遗物和往事我连想也不敢想，看也不敢看，因为他太让我心疼、太让我心酸啦……

五楼顶层的这间旧房

柴自铎是我在研究所时候的老同事，他儿子在美国，他也经常在国外，我们平常没有过多的来往。有一次他突然来电话，说是有一件投资的事情，要问问我爱人如何处理，我欣然表示欢迎他到我家来玩。一到我家，他还没有说他的正事，却谈论起我的丈夫。他很奇怪地问我：你们这么多年就一直住在这样的房子里？我的回答自然是“是”。他马上说：“像你爱人这样的职位早该住上又大又好的房子了。看到你们这样，就知道你爱人真的是清正廉洁的好干部。”我不敢说我的爱人是多么好的干部，但是在这个年代，我的丈夫清廉稳重，他从不攀比跟风，从来不贪图享受，自己该怎么着就怎么着。

在和平年代，很多人可以放任自流。尤其是在有了一定的权力的时候，你还能否站稳脚跟，能否不沾不贪，这就是考验人的时候。我的丈夫为人正直，从不会为了个人利益去损害他人的利益。房子也是如此，我们住的房子不仅陈旧，而且水管漏水，房顶一下雨也渗水，我们就这样不吭不响地住着，这大概也是他比较受人爱戴的一个原因吧。

母　亲

"母亲"，这是个被全世界的人都敬仰的名词。记得我小的时候，父亲经常对我们几个孩子说："爹的恩情还得报，娘的恩情数不清。"是的，我的妈妈和我的婆婆都离开了我们，但我时常会在梦里见到她们。人们都会努力孝敬母亲，炳西自然不例外，他很尊敬老人，更爱戴母亲。

有五个枕头的母亲

2010 年，94 岁高龄的婆婆离开了我们，在我家度过了她的晚年。在四年多的时间里，婆婆一直瘫痪在床上，因为我还有一份社会工作，所以大部分时间都由我丈夫来管。他虽然是个男同志，但照顾老人很细心，还很注重学习和总结经验。开始老人便秘，他就注意调理她的饮食习惯，仅用了半个多月的时间，婆婆大小便就完全正常了。婆婆长久卧床，为了不让她生褥疮，无论春夏秋冬，他都会每天给母亲擦洗三至五遍，还经常给母亲翻身。四年里老太太没有生过褥疮，屋子里从来没有异味，邻居们来看望，都说这不像是个病人的房间。为了照顾好母亲，他没有说过半个"苦"字，也从来不攀比别的姐妹和兄弟管与不管，每到冬天，他的手背上就裂满了小口子，还尽量不让我看见。为了支持我的工作，每个暑假他都会让我到秦皇岛备课，自己把照顾老母亲的全部责任承担下来。

后来他怕母亲摔到地上，自己就搬到母亲的房间里住，有时候连衣服都不敢脱，全身心地投入护理母亲的工作中。他很细心，也很有耐心。一年中，老母亲该用什么样的被子合适，夏天怎么样才能不热又不会凉着，他都会研究个透，所以老太太的房间里就有一大堆铺的和盖的以及衣物，最后老太太走的时候竟然收拾了八个大包袱。尤其很难让人们理解的是，他竟然给老妈妈准备了五个枕头。最后，老太太走的时候，头已经变形了，但没有留下半点伤痕。这些都是一个孝子的孝心。邻居们都说世界上难以找到这么好的一个人哪！我失去了一个这么好的丈夫！我极度地悲痛，有时候也觉得自己的命不好，老早就失去了这么个暖人心窝的好丈夫，实在是太可怜、太可惜了。无助的我，只是荒唐地在内心中呼唤："丈夫，你回来，让我好好亲亲你。"

送钱的母亲

炳西一直都很亲近百姓。现在，很多人都托关系找工作，我们身边就有这么一个母亲，丈夫去世了，家中唯一能挣钱的儿子还没有正式工作，在一个单位当临时工，一个月微薄的收入很难维持一家人的生活。政府机关他没有一个认识的人，只是听外边的人说市财贸工委有个王书记，那个人不错，就找到了他。听了老太太的讲述之后，炳西很同情。遭受过生活苦难的他，深知母亲的艰难，并决心要帮助她的儿子解决工作的问题。当时很多企业不景气，调进一个人去很困难，他就反复找了很多企业，经过努力，最后总算在一个单位给老太太的儿子找到了一份正式的工作。

儿子的工作问题解决了，老太太由衷地高兴，多次到炳西的单位表示感谢，而且送了 1 000 元钱。炳西当然不会要的，而且他好几次嘱咐我，如果到家里来，无论如何也不能接这个钱。我自然会这样做。后来，这个老太太还真来了，她说：“我不是要给你们这个钱，是我要感谢王书记这个人，他太好了。”说着她就要给我跪下，我吓坏了，马上把她搀扶起来，送她回家了。

在北京的日子里

丈夫走了，孩子们知道我心灵的创伤太大了，就让我换换环境，我来到了北京。然而丈夫的身影依然在我眼前，因为这里也曾是我们共同生活的地方。

窗前的送行（炳西经常这样做）

2013 年，我们在北京买了一套房子，每当我的寒暑假期间，我们俩都在北京住上一段时间。在北京生活的日子里，一般情况下我们两个都在一起，有时候我要出去学习，或者去商城买衣服，都是我自己出行。丈夫总是细心地关照着我，一是担心我等车着急，二是担心我上下车时不注意安全。所以每当我走出家门以后，他都会站在窗户那里看着我，直到公交车开走了，他才肯离开。

为了让我能回到家就吃上饭，他总是嘱咐我："等快回来时先来个电话。"我基本上都是按照他说的办，他接到我的电话总是非常高兴，还要千叮咛万嘱咐："别着急，稳当点。"然后就是忙活着做饭，等我回到家里准能吃上热腾腾的饭。这就是我那个可人疼的丈夫呀！一瞬间，丈夫怎么就从地球上消失了呢。2016 年 7 月 31 日，我独自来到了北京，映入我眼帘的都是我们两个共同生活的场景，现在只剩下我一个人，我实在是忍不住，甩掉王雄、张冉和我的孙子，什么都不顾了，一屁股坐在炳西躺过的床上，不敢出声地痛哭起来……

第二天，我一个人在屋子里转来转去，我哭着想着，走到他目送我的窗前，他那慈善的面孔、高大的身影立刻浮现在我的眼前，想起了他站在窗前目送我的情景，我都心疼死了，我想号啕大哭，我想紧紧地把丈夫抱在怀里……

丈夫的味道（来京的第四天）

来京的第四天，家里十分安静，脑海里和眼前都是丈夫的身影，我想换一种生活方式，用备课来打断我对炳西的思念。我一头钻进书里，努力抑制着自己。但是只要离开了书桌和电脑，眼前就还是丈夫：一会儿买菜回来了，一会儿和孙子在楼下玩了一圈回来了，一会儿买车票回来了。我哪能忍得住，几乎每天都要以泪洗面。今天我想应该跟好友联系一下，他们都嘱咐我保重身体，然而对于失去丈夫的我来讲，是很难从这种痛苦中走出来的。别人不管失去了什么，都还有个家，而我呢，那个二人的小家已经消失得无影无踪了，那个贴心的、无所不能的丈夫永远离开了我。我的心像是被掏空了，什么房子，什么钱，什么资产，对没了炳西的我来讲，一分都不值，我要的是丈夫，是朝夕相处的伴侣。此时的我只觉得自己比乞丐还要可怜，因为他们只是吃穿贫寒，而我是被强大的精神痛苦折磨着，难以自拔。这使我不由得想起丈夫生前有意无意地对我说的一句话："我要是离开了你，你会连我的味道都舍不得丢掉。"是的，你平常说的话都像是在对我进行嘱托，现在是真的到了这个时候。来到北京打开了凉席，有你去年夏天留下的汗水的味道；拿起你的梳子，有你春节梳头时留下来的头发……这些我真的觉得珍贵得不得了，好好留着，不擦也不动，让它们永远陪伴着我度过每一天……

2016 年的四五月间，我们还筹划着来北京的事宜，当时他还说，“我这样的身体状况还能去吗？”我立刻回复了他：“到哪不都是养着，北京还有电梯呢。”我当时还把他的话当作不可能的事情，可没有想到它竟然变成了事实，2016 年的春节他就永远地告别了北京。这次的北京之行只剩下我一个人，怎么能不让我想，怎么能不让我哭呢？我每天都会哭，因为我太想炳西了。

那件新衣服（炳西在北京度过的最后一个春节）

来到北京的家里，打开了柜门，第一个映入我眼帘的就是和我丈夫最后（就是 2016 年的春节）一起过年三十的晚上，我穿的那身新衣服。那件衣服是枣红色的，带有小白点，衣襟和兜门还有花边，胸前还配有两朵编织的红色小花，看上去新颖又别致，我很喜欢。而在我丈夫的眼里，那就更是美中之王了。

每当春节，按照天津人的习惯都要穿新衣服，年三十晚上要吃饺子，一家人团团圆圆地过年，可高兴呢。为了增加过年的气氛，我常常提前给每个人买新衣服，当然我自己也不例外。2016 年的春节，我就特意给自己买了这身新衣服。按照惯例，饺子一上桌，我要做两件事情，一就是给孙子拿长岁钱，二就是换新衣服，当然要换上这件新买的。当我换好衣服从卧室里出来时，大家都惊呆了，尤其是我的丈夫首先带头说，像是 18 岁的小姑娘。这不是讽刺，是他发自内心地对我的爱，不知说什么好了。

他知道我比较注重衣着打扮，有时候就故意在孩子们的面前让我展示风采。每次来到北京，我都会去天津看看哥哥姐姐们，孩子们都会给我买好多新衣服、新鞋什么的，每次他都会鼓动我都穿一遍给孩子们看看，我心里很清楚在让我穿衣服的背后隐含着他对妻子的爱。

他对我的关爱还体现在生活中的每一件小事情上。在日常生活中，他最担心的是我心情不好，或是对某人某事产生不好的看法。也是在这个春节，儿子非要去给我买衣服，在附近的华堂商场我确实看上了一件挺合适又好看的衣服，但我一看价钱就说不好，我不要了。儿子知道了我的心思，趁我不注意的时候，自己偷偷给我买回来了。这时，炳西马上说："多么好的儿子呀，对你多好，这下我就放心了。"在这几句话里，我最不喜欢听的就是"这下我就放心了"，好像他知道自己就要走了一样，怕我和儿子搞不好关系，所以在平日里，他总是设法拉近我和儿子的距离。哎，当我回忆起这些的时候，我就越发体会到丈夫是多么用心良苦、多么惦记我、多么心疼我。然而，谁能知道，在没了丈夫的日子里，我是多么煎熬。有丈夫，比有什么都重要，有了丈夫我就什么也不怕。北京的家还是那个模样，丈夫却消失得无影无踪了，躺在床上没有丈夫，看看门再也没有丈夫推门进来的身影。家里没人的时候，我不止一次地对着镜子呼喊："炳西，你回来，咱俩还在一起过日子……"

北京之恋歌（歌声中的思念）

今天是8月8号，两个月之前的这一天是炳西进入人民医院的第一天，从此我们两人的家里就停止了一切娱乐活动。我们两个共同喜欢的娱乐活动就是看几个喜欢的电视栏目，如《新闻联播》《焦点访谈》《午间新闻》《今日说法》《星光大道》和歌手演唱会等。我们两个一边看一边讨论、辩解和评判，常常还有炳西习惯上的理论总结或论述人生的道理。今天，这一切都没了，伴随我的只剩下这么几个无声的遥控器，我常常呆呆地看着它们，回忆着和炳西在一起的日子。

其实我很喜欢有关爱情的电视连续剧和倾诉爱情的歌曲。好的演员能把人演哭，好的歌手能把人唱哭，因为他们展示出的不仅仅是一个画面、一个声音，而且是人生真实的情感以及人品和人格魅力。

来到北京一个多星期以来，虽然也瞥两眼电视，但毫无兴趣，没有味道。这两天我无意中拨到了北京电视台，看到了青年歌手《跨界歌王》对垒赛，青年歌手王凯和秦海璐的歌声和歌词深深地打动了我，想念炳西的泪又流下来了，又回味起和炳西相爱的往事……

昨天儿子说带我到外边转转，他开着车，走的正好是炳西经常乘车的路线，我马上给儿子介绍说："386 路车都换成新车了，你爸爸赶上坐新车了。"连这些我也为丈夫在这个世界上能受到点儿待遇而感到安慰。更重要的是，这个 386 路车是炳西每天去接孙子上下学坐的车，我仿佛看到了炳西的背影，那个慈祥、善良、不辞劳苦的丈夫出现在我的眼前。那时的 386 路没有空调，他就自己带把扇子，摇来摇去在这条路上奔走着。每次出发前，他还要再三地嘱咐我："晚饭不用管，等我回来做，专心备课就行了。"为了我的事业，他肯付出自己的一切，家中的大小事情我几乎都不用管，只管拼命地学习、使劲儿地工作……然而今天的这条路依然存在，386 路车依然在不停地行驶着，我的丈夫却再也不能出现了。我几乎痴呆了，我失去了方向，我只想大声喊："想爱你——炳西。"歌手秦海璐的《突然想爱你》这首歌真的唱出了我的心声，我边听边流泪，牢牢地记下了她唱的每一句歌词。

突然想爱你

突然想爱你
在这昏暗的夜里
看着你专注的背影
触动了我的心

突然想爱你
在这拥挤的人群里
哼着你心爱的歌曲
吞没你占领我的心
爱到极度疯狂
爱到心都匮乏
爱到让空气中
有你没你都不一样
爱到极度疯狂
爱到无法想象
爱到像狂风吹落的风筝
失去了方向

几乎忘了怎么去呼吸
在每次与你擦肩的瞬息
如今是你让我想起
那停摆已久停摆已久的心灵
爱到极度疯狂
爱到心都匮乏
爱到让空气中

有你没你都不一样
爱到极度疯狂
爱到你无法想象
爱到像狂风吹落的风筝
失去了方向
……

我们两个的爱情是美好的，他对我的爱像金子一样纯洁，我对他的忠像水晶一样清澈。从他向我求婚，到我默许了对他的爱，他就开始专注地爱我。在婚后的43年5个月零13天的日子里，他始终如一地这样爱着我，尽管我们也有过争吵，但过后他会全部忘掉。平日里不管他对我的批评也好，生活上细致的关照也罢，倾注的全部是他对我的爱，就连他在病危的时候也还想着让我躺床上歇会儿。听着王凯唱的《一次就好》这首歌，就好像是炳西在对着我唱，我听着，回味着，同样牢牢记下了这首歌的歌词。

一次就好

想看你笑　想和你闹
想拥你入我怀抱
上一秒红着脸在争吵
下一秒转身就能和好
不怕你哭 不怕你叫
因为你是我的骄傲
一双眼睛追着你乱跑
一颗心早已经准备好
一次就好 我带你去看天荒地老

在阳光灿烂的日子里开怀大笑
在自由自在的空气里吵吵闹闹
你可知道我唯一的想要
世界还小我陪你去到天涯海角
在没有烦恼的日子里停止寻找
在无忧无虑的时光里慢慢变老
你可知道我全部的心跳
随你跳

是啊，当我走出门去上课的时候，他不停地喊着："别跑，慢点走！"当我下班回来的时候，他高兴而激动地喊："回来了！"当我在工作中取得点成绩的时候，看他那个高兴劲儿；当我遇到了烦恼时，他那个着急劲儿……我真正体会到了"在无忧无虑的时光里慢慢变老，你可知道我全部的心跳，随你跳"这句话的含义。

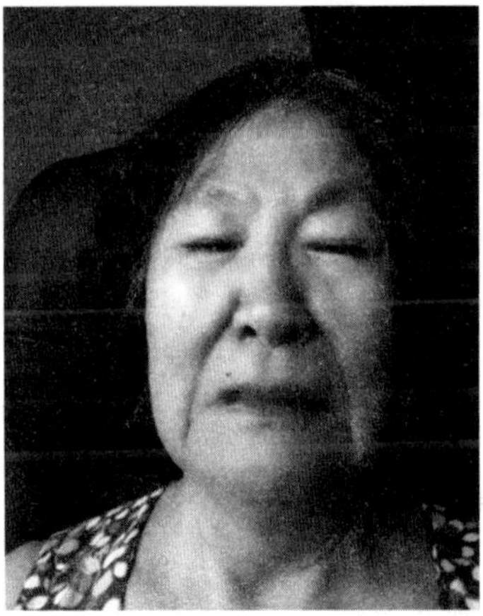
苦苦地回想着的我

丈夫为了我真的太辛苦了，我深感对不起他，我就是成倍地为他付出，也报答不了这辈子他对我的恩情。当灵车瞬间把他从我的身边拉走的时候，我拼命地追赶，我跪倒在地上，大声哭着、喊着："炳西，我对不起你！"

自从他进入医院的那一刻开始，我就暗暗地下定决心，再也不去工作，好好陪他，过个幸福的晚年。这辈子我们两个都太不容易了，我要好好地照顾他，不会再让他为我操心了。可是炳西没有给我这个机会，他匆忙地走了，不要我了，把我给扔了，我身边的这个可人疼的炳西再也哭不回来了。丈夫你可曾知道，当我听到人家唱这首歌的时候，我在苦苦地回忆着你对我的爱；当我听到这首歌的时候，我在哭泣着，心里对你说："盼着你还能回来和我做伴。炳西，你看看你那活泼可爱的妻子，现在已经变成了这个模样，你把她坑死了。难道你不可怜可怜她吗？"

他总是那样热爱生活

我们不像别人那样追赶时尚，搬家住高档的新房。我们两个一直都住在 1989 年入住的老式的旧房子里，而且是五楼，也没有装修过。可是随着年龄的增长，我们爬五楼有点吃力了，于是想到老了要有个归宿，考虑是在石家庄买个有电梯的房子，还是到北京居住。我们两个商量的结果，还是按照他说的："北上吧。"于是我们和儿子凑了些钱买了现在的房子。从 2013 年开始，每到寒暑假，我们两个就会到北京生活。他对我们有这样一个家非常满意，常常满足地对我说："咱们这不是住上了高级酒店的房子了吗？"他对儿子和儿媳妇对我们生活上的关照总是赞不绝口，私下里对我说："咱们的儿子对咱们的生活关照得太细致了，你看他观察到咱们爱吃这个杏仁，他就马上买来了。"他对儿媳妇没有说过半个"不"字，不管是当面还是在背后，总是夸奖儿媳妇，说她是我们家里的"福星"。他对孙子的健壮成长总是很高兴，在石家庄就不知道看了多少次孙子的篮球比赛，来到北京后，听说孙子要进行篮球比赛，不管多远也非要亲眼看看。尤其是 2016 年这个春节，他很知足、很满意。私下里对我说："这个春节过得不错。"我问他："怎么呢？"他说丰富多彩。不仅看到了孙子精湛的球技，而且享受到了儿子和儿媳妇给我们安排的快乐的生活。儿媳妇、孙子和我们两个到人民大会堂观看了新年联欢晚会，我们亲眼看到了戴玉强和殷秀梅唱歌；儿子带我们到音乐厅享受了交响乐；大年初三，儿子还带我们去逛庙会，我们两个总是幸福地跟着他们跑这跑那的，别提有多高兴了。记得去人民大会堂的时候，本来他的腿有些疼，他也顾及不上这些，一定要和我们大家一起去，回来的时候他都有点走不动了，还在那里快乐地和大家讲："我们回来乘坐的地铁，我和你妈对面坐的就是演唱会的总指挥。"下面的三张照片是我们两个在一起过的最后一个春节幸福地在一起的留影，我会一辈子好好珍藏它。第一张是儿媳妇和孙子带我们到北京人民大会堂看文艺演出的时候照的；第二张是在儿子带我们听交响乐时在音乐大厅照的；第三张更使我难忘，那是丈夫最后一次给我过生日，本来是一段视频，书里没办法都显示出来，只是取了一张。

在人民大会堂

在音乐大厅

炳西给我过生日

这段视频我看了无数遍，60 多岁的他还顽皮得像个孩子，故意把我戴的生日帽子捅掉，然后一边鼓掌，一边哈哈大笑。这就是那个疼我爱我的丈夫。我在内心里暗暗地对丈夫说：“炳西，就像这三张照片一样，我们将永远在一起。虽然我们在不同的世界里，我的心将永远属于你，在那边自己要好好生活，安心地等着我，我们依然是夫妻。我将尽力摆脱现在的悲痛，模仿你还在的时候的情景，备课是为了我们两个，生活也是为了我们两个……”

丈夫是那么爱我们的家

丈夫爱我们这个家里的每一个人，他能很乐观地对待生活中的苦与乐。记得在北京给孙子做饭的时候，正是炎热的夏天，他每次乘公交回来时，整个上衣都湿透了，可他从不叫苦，高兴地把上衣脱下来拧出汗水，美滋滋地给我看。每次回来就是讲述孙子今天有什么故事，例如，孙子如何指挥出租车司机找回家的路，如何命令爷爷买草莓，如何把爷爷做的饭全部吃光……老伴非常爱我们这个家，想方设法地呵护着我们这个家。为了让这个家兴旺、有家规，每年他都给新的一年起一个名字，第一年叫“快乐年”，第二年叫“健康年”，第三年叫“创新年”……每年都要评出个先进来。丈夫在的时候，我们这个家真的是红红火火的，虽然没有大富大贵，也没有升官发财，但我们的这个家是那么和谐，那么幸福和美满。我们都很爱这个家。

直到他病危了，有一天他猛然地大声呼喊：“Andy!”这个时候我仿佛很清楚地知道他惦记什么，依然是我们这个令人羡慕的家。

微小的一瞬间

在北京待了二十来天了，我没有一天不在哭泣、想念着丈夫。他对我的爱没有办法用语言来形容。记得在人民大会堂看演出的时候，中间休息时我去了一下洗手间，时间稍长了点，他就不放心了，自己就到外边去找，等我回来了，他还在外边找呢。对于我的一举一动，他都关怀备至。这次来北京，我感到似乎每一个角落里都留下了他对我的关爱。在空空的房间里，看看备用的电池是炳西准备的；看看电话是炳西刚开通并交上了电话费的；走到厨房里，看到是他给我买的三七粉和菊花茶，怕我喝一般的茶叶睡不好觉，总是特意给我买好的菊花茶，为了保护我的心脏，还总是在我的水杯里放入三七粉；打开冰箱的时候，看到是他给我准备的西洋参，两罐满满的，为的是保护我脑神经的健康；拿起扇子的时候，是他特意买的写满字的扇子，为的是让我在平常心胸开阔。上面写道：

莫生气

人生就像一场戏
因为有缘才相聚
相扶到老不容易
是否更该去珍惜
为了小事发脾气
回头想想又何必
别人生气我不气
气出病来无人替
我若气死谁如意
况且伤神又费力
邻居亲朋不要比
儿孙琐事由他去
吃苦享乐在一起
神仙羡慕好伴侣

我和炳西从来就是别人羡慕的好伴侣，然而现在的事实是我们再也不能在一起了，我将永远是孤单的一个人。炳西去世 55 天后，我依然悲痛不已，外界的人们几乎都忘了，而我一刻也忘不了，我没有地方去述说我的苦，只好在电话里和两个姐姐哭述。姐姐就是姐姐，关键的时候还是姐姐亲啊！姐姐们不知怎么劝我、哄我，她们就和我一起哭泣……

郊野公园的离别

自从在北京买了房子，我们俩一到春节就来北京过年，这是第三次了。每次来北京都是我的假期，孩子们总是愿意带我们出去玩玩，我们两个对孩子们准备的这个家感到很满意，又舒适又安静，家里的设施朴素大方。所以我们谢绝了孩子们的好意，老两口愉快地在北京过日子。老伴每天都很高兴，他还有一份工作，就是要给孙子做饭。我在家里备课。他总是怕我做饭影响备课，所以孙子那边的事情做完后，不管刮风下雨，也不管孩子们怎么劝阻，他都会赶回来做我们两个人的饭。丈夫真的像我身边辛勤的园丁一样，不管走到哪里，他都会很负责任地照顾着我。

记得在我们回石家庄的前一天，他非要带我到附近的郊野公园转转，我顺从他走进了这个宽旷的大公园，他带着我走遍了每一个角落，小湖边、小树林、篮球场……还告诉我哪条路离大门近，直到太阳落山了、路灯都亮了我们才回来。回来后我问他："家里的对联摘了吗？"他说都摘了，每一种他都分门别类放在抽屉里，当我拉开抽屉看到这些的时候，我的心像刀割一样痛。再想一想他为什么那么细心地告诉我到郊野公园怎么走，他是怕我迷了路。难道他那个时候就知道自己要走了？他走之前把我的每一件事都想到了。丈夫对我太好了，我实在想念他，想念他对我的每一点呵护，想念他对我真心实意的爱。我大声地对丈夫说："过去我认为你错的，现在回想起来，你一点错也没有，都是我的错，请丈夫原谅我，原谅我吧丈夫！"丈夫这么早就走了是不是在惩罚我？我糊涂了，我不知道该想些什么，我都蒙了，我只知道哭……

那些购物卡和一卡通

丈夫走后，我最不喜欢的事情就是到超市买东西。一是它浪费我好多的时间，二是我真的到里面就头脑发胀。看到琳琅满目的商品，我就傻了，不知道该买什么，也不知道东西到哪里去找，只好到处找服务员问，找到了东西买了就走。这时我就情不自禁地想起了丈夫，他每天为了我们两个的生活，为了这个家的和睦与兴旺，要操多少心啊，而当时的我是什么也不关心的，是他一个人把家整理得井井有条，把我照顾得无微不至。

2016 年暑假，我又一个人住在了北京的家里，我每天好像以前炳西在的时候一样，拼命地学习和工作着，但我缺少的是炳西对我的关爱。我每天就是凑合着吃点饭不饿就行了，不管好与坏。一天，家里什么吃的都没有了，我只好拉着小车到超市去买。走之前，我想起了丈夫留下的购物卡，我忙拿上了好几张，当我结账的时候，我才知道，丈夫在每张卡里都留下了钱，一共一千多元呢。再看看我的那张一卡通，因为我要去凌阳学习，儿子再三嘱咐我乘地铁之前一定要充钱，我按照他说的去做了，可没有想到，我的卡里竟然还有 300 多元钱。这一切都说明我那个可人疼的丈夫是多么细心。丈夫最了解我了，他好像知道自己就要走了，也很清楚我就怕浪费自己的时间，就把购物卡和一卡通全都准备好了。我的好丈夫每天就像神仙一样保佑着我。他能让我忘记吗？一个高大的身影总是站在我的面前，我太想你了，炳西！

荒唐的梦想

2016 年 8 月 27 日，星期六，我从北京回来了。今天儿子帮我收拾屋子，一个小塑料架子没有太大用处了，儿子就说把它扔掉吧，我说不可以，凡是你爸爸在世时家里所有的东西都不能扔掉，保持我们两个以前共同生活的模样。拉开柜门看看炳西春夏秋冬的衣服我都原样放置着，脸盆架上我们两个的毛巾依然原样摆放着，床铺我依然躺在我的那半边，炳西的那半边依然给他留着。这令人心酸的场景，纯属我荒唐的梦，我似乎还在等待着炳西能够回来，我们两个还能像以前一样亲亲热热地过日子。然而这是一个我这辈子也不能实现的梦想，我的心空得一无所有。趁着儿子出去的时候，我依偎在炳西生病时坐过的沙发上，放声哭了起来。哭着哭着就快 12 点了，儿子还没有回来，说是和亲家那边一起照个相就回了。怎么会这么久呢？我真的担心儿子和人家那大家子团聚吃饭去了，没人理会我这个孤单的老太婆了。我失望地、默默地去煮方便面，刚烧上水，突然听见门响了，儿子回来了。他做了燕麦片粥和素炒小油菜，虽然是那么简单的一顿饭，但它减轻了我心灵上的痛苦。心想这个儿子还行，没有忘记他的妈妈。

一会儿，儿子就回北京了，我目送他下了楼梯，又赶紧跑到窗户旁往外看，直到看不到他的背影了我才肯回来擦眼泪。随后我躺在了床上，抚摸着炳西躺过的地方，忍不住的泪水使我难以躺下入睡，起来给儿子写短信，写“思念我的丈夫”。

“正华，不早了”

我自从事教育工作以来，就总是处于紧张的学习和工作状态之中，没有星期天和节假日，遇到难题还常常工作到晚上 11 点，乃至 12 点以后。炳西常常命令我：“该睡觉了！”他担心我这样会把身体搞垮了。为此，有时他还要发点小脾气，我完全理解，所以基本上在他下命令后，我只好硬着头皮收拾书包。但是我有个特点就是工作起来什么都不管，遇到难题非要解决不可。所以有时候我也要发点小脾气，大声地向他喊：“我不会，明天我怎么向学生交代！”就这样时间久了，他慢慢地理解我了，脾气也变得柔和了。尤其是这两三年，他变了许多，由呵斥到慢慢地劝阻：“正华，不早了。”在茫茫的人海中，在整个世界，真正懂我、容忍我的只有丈夫一个。在我们共同生活的日日夜夜里，他像是我的保护神，每天围绕在我的身旁，满足我很多无理的要求，一步都舍不得离开我。失去了他，就像身边的一棵参天大树倒了，我无处可依，无处可藏……我真的像是一只迷失了方向的小鸟，不知去向。

百日忌辰的到来

还有三天就到炳西的百日忌辰了，我越发悲痛，不自主地回忆起我们在一起的日日夜夜，唯恐忘了什么。我使劲地回忆着，包括幸福和痛苦的每一刻。看到了沙发，我模仿着炳西的姿势坐在了他常坐的位置，头也躺卧在沙发上。猛然间我好像闻到了一股非常熟悉的味道，那就是他，那就是他在生病的时候出的大量的汗的味道。我深情地回味着这个味道，它使我幻想着他还活着，同时，它也更加使我体会到他疼爱我的心。他忍受着疼痛也要坚持让我上班。因为他懂我，他太懂我了。知道我不愿意将自己家中不愉快的事情传出去，也不愿意让别人替自己完成工作。他忍受着巨大的疼痛，却把这份心无私地奉献给了我。它使我不由自主地想起 5 月 30 日（星期一）那天，我觉得他的脚肿了，不太正常，还以为是吃错了药，我有些担心，想不去上班了，但懂我的他还是坚持让我上班去。下班回来，当我看到炳西消瘦的身躯、疲惫的面孔时，我不知所措，发现他的脚肿得更厉害了，我就怀疑他摔着腰了。骨头受了伤只有慢慢地养，怎么会引起脚肿呢？我看看他吃的药，就以为是药的原因，于是我把止疼药藏起来，让他换吃别的药，可是没有想到他自己又找出来接着吃，说只有这个药才能止疼。我说这个药对心脏有危害，他说哪个药人们都那么说，吃吧，没事……

这不是他的习惯，平常只要是有关心脏病的药，他都会倍加小心，这次他连这个也不顾了，可见是疼得难以忍受。我这个傻瓜，我这个愚蠢的人，为什么就不往别处想一想？为什么不马上带他到医院去检查？为什么不多陪陪他？为什么不多帮他揉揉腰？我痛苦不堪，也悔恨莫及。如果早点发现他得了癌症，没准还能把他救活，上帝也不会把我们分开呀……

两件大衣

国庆节到了，来往的亲戚朋友很多，王雄也约了一个亲戚到石家庄勒泰商场四楼去吃饭，我只是跟着去，他们在说什么我根本听不进去。我的心沉甸甸的，总是思念着丈夫。趁着他们上厕所的时候，我泪水止不住地往下流，猛然间想起了炳西带我买大衣的情景。

那是 2015 年的冬季，炳西看好了一件大衣，让我跟他去买，借着一个星期天，我欣然跟随而去。一到那里，他顺手就拿到了他看好的那件大衣，我一试真的挺合适，内心也就决定买这件了。可是，那个服务员又拿出来一件，说这件也挺适合我的。我随便试了一下，炳西看了很满意，他说就买两件吧。我有点舍不得花那么多的钱，颤巍巍地把那件还给了服务员，懂我的丈夫猜透了我的心，他毫不犹豫对服务员说："两件都要了。"我只好顺从他，两件大衣都买了。炳西爱我真的不知怎么形容，只要是我喜欢的他无论如何都会为我去做。

现在那两件大衣依然在那里悬挂着，可他却变成了炳西留给我的遗物。遗物，怎么就变成了遗物？这个可恶的字眼，我实在接受不了。丈夫，今生今世，只有和你在一起我才会感到快乐，对于别人的劝说我只是感谢，听听而已，因为丈夫给我留下了太多美好的回忆。我实在太想他了，现在，我只是无助地呼唤："炳西，你坑死我了！你带上我，只要能和你在一起，前面就是一片火海我也要跳进去……"

钟声与嘱托

上班的钟声响了，两块表（为了保证我上班时间的准确性，每天都上两块表）有时间差，没那么准确了，每天我都很担心赶不上班车。可是丈夫在的时候，我根本不用操心这个问题，丈夫会把没电的电池换好，把时间对了又对。丈夫走了，我只好自己对表。每当这个时候，丈夫对表的姿态立刻浮现在我的眼前。为了能让我多睡上一会儿，哪怕是一分钟，他都会反复地琢磨怎么让这两个表的时间更准确。所以，他总是带上老花镜，拿着两块表，跑到这屋，又跑到那屋，看哪个时间更准，然后才坐下来认真去对表……他不管做什么事情都会那么地让我安心，我似乎在睡觉时都觉得那么踏实和香甜，因为我相信丈夫对时间的把控是绝对不会有差错的。如今的我自己也在对表，而且又增加了一块，却再也对不了那么准确的时间了，丈夫再也不管我了……

早晨的钟声和往常上班一样又响了，我习惯性地简单收拾一下屋子，吃点早餐，吃了药，就去赶班车了。现在，每天像磁铁似的吸引着我的丈夫的声音却消失得无影无踪了。几十年如一日，尤其是近些年来，随着年龄的增长，他就更加像对待孩子一样百般呵护着我。每当我上班走出家门的时候，他总是目送着我，再加上千遍万遍的嘱托：“讲好课就行了，别那么玩命。”“路上小心，别跑！注意安全！”一天又一天，一年又一年，我就是这样饱受丈夫温馨的呵护。在没有他的日子里，我该怎么活下去呀?!迷茫中的我不知所措，每天伴随我的只有悲伤和泪水。但在懵懂中我似乎又听到了大姐的警告：“正华，你可不要再哭了，哭瞎了眼睛不是给儿子找麻烦吗？你疼疼儿子和大姐，也别再哭了。”大姐，我何尝不懂这些道理呀，但炳西的离去就像一座大山倒了一样，我怎么也站不起来……

蚊子与榴梿

丈夫去世后，儿子总是惦记着我，他几乎每隔一个星期都要回来一次，给我准备好很多好吃的东西。有一次他还精心帮我打掉屋里的蚊子。看到他打蚊子，我情不自禁地想起了为我打了一辈子蚊子的丈夫。

随着天气变暖，加上暖气烧得比较热，就连冬天屋子里也有蚊子，所以我们家一年四季都要和蚊子打交道。炳西怕用药驱蚊子对人身体有害，就常常用手打蚊子。冬天，天冷了，他只要发现我一个劲儿地翻身，就知道蚊子在捣乱。不管什么时候，他都会起来打蚊子。直到我酣然入睡，甚至听到了我的呼噜声他才肯躺在床上。这就是我那个体贴入微的丈夫。

榴梿虽然很臭，但相当一部分人都喜欢吃，我也如此。可由于价钱很贵，怕花钱，我总舍不得吃。炳西自然知道我的这个爱好，也猜透了我的心。他时常在我不知晓的时候，给我买榴梿。我总是唠叨，花这么多的钱。他说："这么大岁数了，喜欢吃什么就吃呗。"顺着他的思路，他买什么我都高兴地吃就是了。有一次他竟然花了 300 多元钱给我买了一个大榴梿，我傻呵呵的，只知道吃，哪知道我那有心计的丈夫将我吃剩下的两颗种子种在了花盆里，希望它能生根发芽，象征着我们这对老伴永远在一起。真的没有想到，它竟然长出了两颗榴梿树苗来，丈夫总是美滋滋地望着这两颗小榴梿树苗，精心地养护着它们，我也模仿着丈夫，每天都要看上它们几眼。但没有想到，它们最终还是死了，好像也象征着我和炳西恩爱的日子不再长久了。他 69 岁就离开了我，我望着没有榴梿树苗的花盆，呆滞地苦苦地思念着……

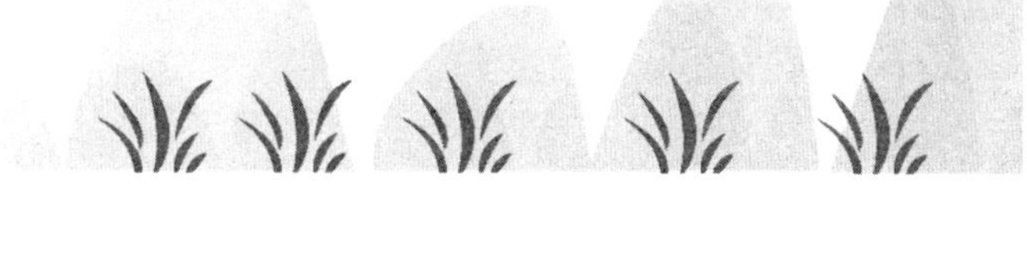

小褥子

我的丈夫是一个默默无闻地做事情的人，他从来不呵斥别人应该做什么，自己看到了该做的就去做。平常袜子破了自己缝，扣子掉了自己钉，松紧带坏了就自己换。

2004 年，我们有了可爱的孙子。两家人都很高兴，准备东准备西的，我也紧跟着忙活，不过只是帮着买点婴儿的日用品而已，做被子、褥子和小衣服之类的事情我都顾不上。因为那时我刚走上教师的岗位，除了很多知识要学习之外，很多当教师的规则也要学习和执行，所以一天假也不敢请。为了支持我的工作，他没有半句责怪的话。有一次下班回来，我发现桌子上摆着一件做好的小褥子，我说哪来的，他说是他做的。我简直惊呆了，他竟然能给孙子做小褥子！

报警的电话

那是2016年4月，我请了半天假，和炳西一起去银行办一些事情。因为路程比较远，下午我还要到栾城校区开会，时间很紧张，他就让我乘出租车走。本来应该轻松地到达学校，没有想到高架桥上发生了撞车事故，只好等待。直到11点30分我才赶到学校，于是就忙着到食堂去吃饭。炳西不放心就给我打来了电话。食堂里乱糟糟的，有些学生在大声说话。我打开了手机，正忙着找座位，还没有顾上说话，可能是食堂里的喊叫声传到了炳西的耳里，等我再说话时，电话就已经挂了。我当时没有想到炳西在那边急坏了。

因为没有听到我的声音，却听到学生乱说话的声音，炳西误认为我被劫持了，于是就慌忙地报警，让警方帮助找我。他说我乘出租车走的，可又不知道出租车的车牌号，人家到哪里去找呀，他就说好话祈求人家，无论如何也要找到老伴。等我下班回来，桌子上还放着他的手机（平常他根本不开手机的），我问："这是怎么回事？"他说："听到你那边的喊叫声，可把我吓坏了，我都急疯了。我报警了，我到处求人搭救你。后来接到你的电话我才放下心来。"

我，他的老伴，在他的心目中任何人都无可替代，我对他来说胜过一切，真是捧着怕摔了，含着怕化了呀！

午间的水果

我的丈夫关爱周边的每一个人。他对上级从来都是很尊敬的，但从不哗众取宠，对于“小人物”更是平易近人。在工作的时候，他总是鼓励同事们，退休以后，也常常给朋友打电话，关心着同事们的成长与进步，为他们的快乐与幸福送上祝福。

炳西很重才爱才，凡是育人成才的事情，他都会积极去做。我家有个亲戚在石家庄一中上学，离我家很近，我们两个商量让她到我家来午休，这样可以节省一些她在路途上的时间。这个孩子很听话，每天准点来午休。

为了让孩子健康地成长，他都会在孩子来休息之前，洗好或者削好一只水果放在床头。三年如一日，他就是这样不辞劳苦为了他人的幸福和快乐付出着。他确实是个好人，所以受到了很多人的爱戴。

去"田语"买衣服

2016年深秋的一天，天冷了，上班需要一件外套，我第一个想到的就是去石家庄田语服装店买衣服。上午我还备了一会儿课，差不多下午该上班营业的时候，我急忙跑到43路站牌前等车。一刹那，炳西的影子和声音就出现在了我的脑海中。

往事历历在目，记得过去每当我要去"田语"买衣服的时候，炳西总是特别高兴，并且再三地嘱咐："买宽松的。"还要补充一句："你穿紧身的衣服不好看！"我总是依照丈夫的嘱托去买。回来后，就高兴地一件一件地穿上给他看，他总是不伤我自尊心地给予评价。我们两个生活得好幸福啊！

如今，还是去"田语"买衣服，但孤身一人的我并没有感到有丝毫的乐趣，因为买衣服一是需要，二也是为了展示给丈夫看的。现在我的心全凉了。我木呆呆地站在车站旁，好像周围什么都没有，只有丈夫的声音在我的耳边作响，丈夫的影子在我的眼前摇晃。我像是失去了伴侣的孤雁，仰望苍天，泪流满面……

温暖的家

家是温馨的港湾，容纳漂泊的灵魂；家是如伞的大树，遮挡酷夏的骄阳；家是清凉的雨丝，拂去疲惫的征尘；家是甘甜的牵挂，珍藏幸福的泉源。我的家很“贫寒”，从来也没有装修过，还在最顶层，但 70 岁的我和炳西每天都在努力爬着这五层楼，没有半点“苦”的感觉。反而总是美滋滋地往上爬，因为马上就可以见到老伴的身影。我家的主人——炳西走了，儿子说给我换个房子，我就坚定地说：“不，你爸爸的灵魂还在这里和我做伴。”我爱我的家，是它让我健康、茁壮地成长；我爱我的家，是它给予了我聪明和智慧；我爱我的家，是它为我种下了求知的种子。几十年的工作，使我有苦也有乐，我确实积累了一些知识，还写了两本书，社会给了我很多肯定和荣誉，然而其中一大半的功劳属于我的丈夫，他不仅是我精神上的支柱，还给了我一个温暖的家。

三代台灯、小风扇和那两块表

为了弄懂一个问题以及写好教案，我经常工作到深夜，台灯是我必备的设施。为了营造一个好的工作环境，炳西动了很多脑筋，灯光要好一些，柔和一些，他竟然给我换了三次台灯，每次安好还要放在最合适的位置。下面三张照片上的台灯就是炳西留给我的让我心酸的遗物。

第一代台灯

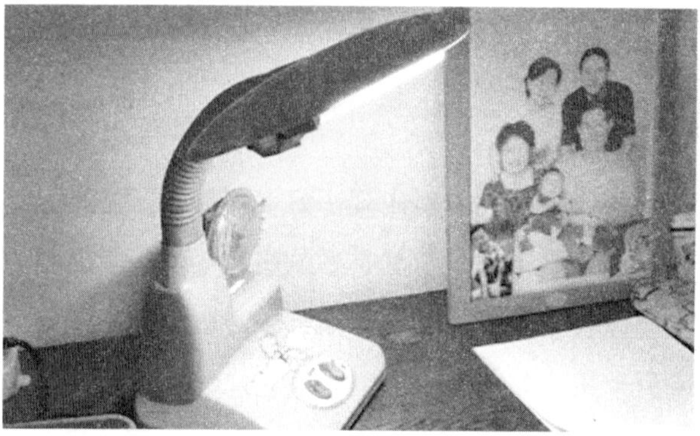

第二代台灯

第三代台灯

夏天到了，炳西总是忙里忙外的，原来他是在实验空调怎么开着更合适，于是他就开了这屋又开那屋，他总是担心吹着我，最后他还是去给我买了一个微型风扇，它就像是一把扇子在摇动，所以整夜吹着也没事。他总是把这个小风扇保存得好好的，天一热，他就把它安放在我的床头。

一般的人家只有一个闹钟，可我家不同，炳西常常在我们的卧室里放上两个闹钟，这样一个闹钟万一没电了还有另一个呢。如今，闹钟依然在那里嘀嘀嗒嗒地走着，可是炳西却永远离开了我。

袜子和棉裤

炳西病危的时候，家里出现了好多不祥的征兆，这不是我迷信，而是确实发生了一些莫名其妙的事情。我们两人卧室里的那个大衣柜里挂衣服的支架突然折了，所有的衣服都散落下来，当时我心里很别扭，怎么好好的衣架会折了呢？没过两天碗橱的遮帘也掉下来了，接着凉台上晒衣服的衣架也坏了。我开始不安起来。可我又想当时炳西就摔了个跤，医生说在家里养着就行了。万万没有想到他得了癌症。原来这一切不只是不祥，而且是噩耗。不仅如此，那天夜间突然断电了，家里一片漆黑，我茫然不知所措，好像我们两个共同生活的这个家不存在了，炳西再也不能关照它了。结果真的是这样，在医院里躺了 21 天的炳西突然就离开了我。天塌了，我几乎无处可藏、无处可躲。

我痛苦地思念着他，过了一天又一天，然而他得病时我照料的日子好像就在昨天。可一转眼就到了冬天。今年冬天也不知是怎么了，暖气不好，有时还停了。这个时候，不仅是我，就连有老人的邻居们都会想到炳西。因为他每年都是大家取暖的解忧人。刚来暖气的时候，他会查看哪家有问题，去排除故障；遇到暖气停了，他会联系市政单位和维修部门。他走了，又停暖气了，我一边模仿着他去联络，一边赶紧打开床头柜和箱子，寻找保暖的衣物。床头柜里那一排的袜子，除了颜色不同之外，分为三种类型：最厚的、厚的、一般的。这就是丈夫给我留下的在最冷的时候、稍冷的时候、天气暖和的时候所要穿的袜子。

袜子

箱子里放的是三种不同类型的棉裤，这也是丈夫给我准备的在不同气温下穿的。

棉裤

我回忆着丈夫的关爱，流着泪水拍下这些照片，并死死地抱着它们，心里念叨着："谢谢炳西，我会永远好好地珍藏、穿着它们，想着你。虽然我们已不在同一个世界，但我们的心、我们的灵魂将永远在一起。炳西你看，我已经穿上你给我买的厚棉裤了，可暖和呢！"

打开照明灯

下雪了，天显得格外冷，我担心炳西那边没有保暖的衣服，还思量着王雄他们在去年的 10 月 1 日是否给他爸爸送了寒衣，我没有亲眼看到，就不太放心。这样思索着，我就拉上窗帘要睡觉了，可一看时间是下午 1 点多钟，噢，是白天，干吗要拉窗帘呢？我糊涂了，我太思念炳西了。

哪里睡得着，因为我决定写关于炳西的回忆录了。首先要把备课的事情搞定，还真不错，下午 2 点我就起来开始写教案，7 点左右我就写完了。天是那么昏暗，我打开电脑和台灯，不由地也把屋里的照明灯打开了。这是我丈夫的动作，我也学会了这样做。炳西对我做的一切，全部印在了我的脑海里，像是一种精神寄托，只要是他做过的事情，不管是什么，也不管对与错，我几乎全部照着去做，也只有这样好像才没有辜负炳西对我的疼爱。“喝水，不着急，完成工作就行。”“坐一会儿，动动屁股”……这些谆谆的嘱托像是对孩子说的。除此之外，在我备课的时候，他还时常给我揉背，还有就是发现我只开台灯时，他就马上打开屋子里的照明灯，说只开台灯对眼睛不好。我说那还要费两处的电，他说：“只要对身体有好处，费点就费点吧。”于是我们就一直这样做。炳西走了，没人再这么细心地照顾我了。我暗暗地向炳西保证：“你放心，我都会学着你照顾好自己。只是思念你的痛苦是任何人都不能帮我减轻的，我实在太想你、太舍不得你了。”

天冷的时候

又是一个春寒，今年好像比往年更冷，单位按规定时间停了暖气，可是盖着厚被夜间还会被冻醒。在这阴冷的天气里，我不停回味着和丈夫在一起的日日夜夜。

天一冷，我的脚就特别凉，还常常抽筋，夜里经常睡不好觉。每当这个时候，丈夫就把我的双脚搂到他的被窝里，给我焐脚，只有当把我的脚焐热了，并看到我迷迷糊糊地好像睡着了的时候，他才会轻轻地将我的双腿推进我的被窝里。这就是我的丈夫，几十年如一日地关爱着我。我思念他，甚至每一刻都离不开他，因为他对我太好了。

丈夫最能读懂我

丈夫走后，我就立志将丈夫没做完的事情做完、要做的事情做好。比如，每年他都想着给他的二姐寄挂历，去年年前，我买到最好的挂历也给二姐寄去。丈夫喜欢养花，我也要模仿着他把花养好。现在，炳西养过的花都生长得很好。可是每当浇花的时候，我都会情不自禁地想起我的丈夫。他那么爱养花，总是专心致志地栽培它们，按时浇水，按时施肥，还会经常倒盆、换土什么的。丈夫爱我也像爱花一样，每天都像是我身边的一个辛勤的园丁，我永远都是他身边的一株花草，他每一年、每一月、每一天，甚至是每一个小时，都在看护着我、浇灌（娇惯）着我。

天渐渐暖和了，今天是 2017 年 3 月 8 日，我想把晾晒的大棉衣收拾起来，当拿下那件桃红色的旧棉袄的时候，我不由得又回忆起了往事。这件旧棉袄大概是在二十多年前买的。那个时候，我们没有什么钱，买衣服时我们两个都会到东购 7 楼的 100 元店里去买，看到了这件棉袄我就挺喜欢，可是和它同型号的还有一件豆绿色的，我也挺喜欢，于是就看了这个看那个。他没和我商量，就和人家服务员说："我们两件都要了。"我吓坏了，哪舍得花那么多的钱哪！我硬逼着他把那件豆绿色的塞给了服务员。就这样一晃就是二十多年了，现在买回的这件棉袄虽然旧了，扣子也掉了下来，但在我心中它永远都是一件新棉袄，是用再贵的钱也买不到的新棉袄。今天我把扣子又重新钉了钉，把衣服刷干净，叠好了，规规整整地放在了我的衣柜里。我会永远保留它，珍藏它，穿着它，就好比丈夫永远陪伴我一样。

丈夫是最能读懂我的人，在日常的生活中，他都会像钻进我的心里一样，准能知道我想的是什么。就连在病危的时候，他也会按照我的心思给我指出方向。当我问他："我还干吗，是否马上和院长说辞掉工作呢？"他沉思了一下，冷静地对我说："再等等吧。"现在我才明白，他已经知道自己不好了，如果他还能活下去，就让我辞掉工作，如果很快就离去了，就别辞了，要不我自己一个人怎么过呢，有个工作可能会好一些吧。丈夫最懂我，最疼我，连我今后的生活他都想到了……

我要去日本留学

我的丈夫做任何事情总是会把可能遇到的困难想在前边，他总是担心我有什么困惑和不开心。那是 20 世纪 80 年代，改革开放刚刚开始，石家庄和日本长野市之间建立了友好城市的关系，可以派人去日本留学。我听了以后十分高兴，长达七年自学日语的生涯，好像找到了用武之地，我十分渴望能到日本去留学。39 岁的我参加了八个月的口语培训，并以笔试第一名的优异成绩获得去日本留学的资格。但能否去成还是个问题，因为那时候就连研究所也要自负盈亏了，单位如果出钱送我去留学，就要损害全体员工的利益，很多员工提出反对意见，有的领导也不太同意。当时我心里那个难受劲儿真是无法形容，丈夫比我也好受不到哪儿去，他一边说服领导并保证回国不调动工作，还在研究所好好工作；一边安慰我："去不成在研究所工作不也挺好嘛。"最后，领导同意了，员工们也基本上安静下来了。我心里很高兴，就是一门心思出国留学了。

就在这个时候，丈夫也不忘把"万一"想在前边，如果由于这样或那样的原因去不成，怕我接受不了。他还是慢慢地对我说："你在踏上飞机之前，随时都要做好去不成的思想准备。"现在回想起来，他不是担心我去不成，而是担心我去不成会接受不了。我的丈夫就是这样一个做事稳重的人。

我家的地球仪

1995年，我公公去世了，婆婆跟着我们来到了石家庄。当时婆婆已经80岁了，我上班比较远，每天都带饭，中午不能回家。我们两个上班都很忙，孩子上学，家里没人照管怎么行呢？炳西知道我对事业很执着，不肯离开自己工作20多年的工作岗位。我自然也很了解他，他宁愿牺牲自己的工作，也不愿意影响我。可是这次出乎了我的意料，他选择了让我离开研究所，调到一个新的单位。当时我蒙了，直到我到新单位工作后才明白，这完全不是丈夫自私，因为当时的网络技术刚刚在中国发展起来，到这里搞证券网络，可以接触到很多新的知识。仅仅是几年的时间，我参与完成了证券网络几个工程的建设，在计算机网络技术上得到了长足的发展。当时，我真的非常感谢我的丈夫，是他给我指出了一条新路，让我的知识领域得到了扩展。

然而好景不长，当我正在热火朝天地搞事业的时候，退休的年龄到了，因为我当时已经是正高级工程师，所以单位就多留了我半年的时间，但退休是不可避免的。人到了法定年龄都要退休，这本来是件正常的事情，可是对于我这个工作狂来讲，这真的是一件很难接受的事情。我依依不舍地离开了自己的工作岗位，每天都惶恐不安。看到我这样，丈夫很是心疼，知道用语言难以劝服我，于是就买了个地球仪放在立柜上，每到吃饭时准能看到它。当我情绪低落不想吃饭的时候，他就指着地球仪对我说：“地球大着呢，咱们应该放眼世界呀。”

我十分不舍地离开了我热爱的工作岗位。到哪里去呢？我到处找工作，但在 IT 行业，年龄太大了是不好找工作的。丈夫知道我在家里待不住，怕我苦闷，就到处帮我打听工作。一次偶然的机会，听说有个大学要招聘教师，我们两个商量了一下，说应聘试试。一到那里，还真的不错，那里正好缺高职称的教师，就招聘了我。但是，我没有当过教师，也没有教师资格证，我很恐慌，丈夫说不用害怕，你参加一个培训班，考一考试试。困难的时候，总有丈夫的指引和导航，有这么个好伴侣鼓励着我，我决心去考，拼命地学习。培训后，我只参加了一次考试，教育学和教育心理学就全通过了。我们两个都高兴坏了，从此我便真的进入了教师的行列，这一干就是十几年。我享受教书的快乐，同时我也学到了很多新知识。这一切我首先要感谢这个社会，其次就是感谢疼我爱我的丈夫。

那场罕见的大雪

人生有一个好的伴侣是最大的幸福，炳西就是我一生中难以忘怀的好伴侣。我的学习、我的工作、我的衣食住行没有他关怀不到的。记得有一年石家庄下了一次罕见的大雪，雪很厚，能到人的膝盖，丈夫怕我摔倒，每天很早就起来送我到车站，晚上再去接我，还要给我做好饭。我真的很感动，总是暗暗地下决心：好好工作，搞出点名堂来，还要为这个家多挣钱。其实这不是丈夫所期盼的，他总是说只要我高兴，他就支持，家务事情他全部承担下来。我常常感到愧疚，可我的丈夫没有任何抱怨，总是那样不动声色、任劳任怨地操劳家中的一切，还开玩笑对我说："我是你的监护人。"

下大雪了，对于我的每一个行动，他都关怀备至。每当我下班晚了，哪怕是 5 分钟，他都会急着打电话。有时候我没接到电话，他也会不停地打，等我回来了，他就不高兴地对我说："你的手机不就是主要给老伴用的吗？怎么总是不接呢？"我马上解释有时班车上太乱，没听着，他就原谅我了。

我丈夫有一个很好的生活习惯，就是只要他说睡觉了，两三分钟就能睡着。可我不行，尤其是在遇到了繁重的教课任务时，翻来覆去地很难入睡。这个时候躺在我身边的丈夫就发挥作用了。他总是不停地劝说我："要能拿得起来放得下，睡觉了就别再想教课的事情。”我说那些问题总是在脑子里转。他就告诉我：“你想想咱家的花怎么从土里发芽的，又怎么慢慢地长出来。”我尝试着想花生长的过程，还真是有作用。什么是相濡以沫，我们两个才真的是每天、每时、每刻都在相濡以沫，我一有时间就会回味这幸福的时光。

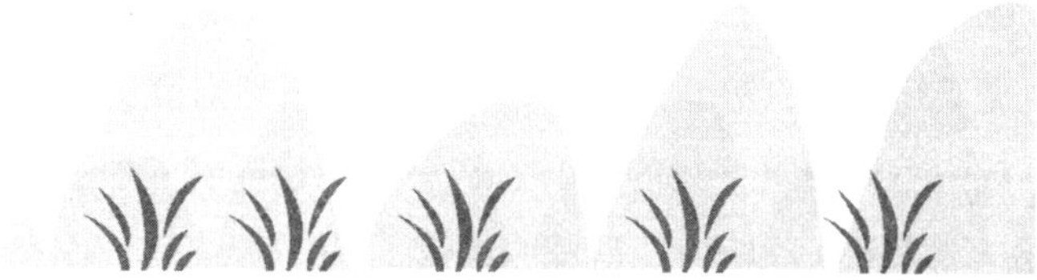

喜与忧的时候

我是一个好感情用事的人，当工作取得成绩的时候就欣喜若狂；当遇到难题的时候就沮丧。最近学位评估，一直都很忙，也很累，加之专家还要听我的课，这可以叫忙中加压。这是炳西去世后我最紧张的一段时间。为了不影响这次评估，我必须把课讲好。那天晚上我一直准备到夜里一点半，第二天在班车上我还在不停地背讲义，规划着讲课的技能技巧，早上我也喝了咖啡，准备迎接这次挑战。

上午 10 点半左右，我迎来了这次挑战，我以饱满的精神讲完了课，当专家拉着我的手的时候，我只知道微笑，什么话也不会说了。专家对我说讲得真好，我得到了安慰，心里想，没白下功夫。我兴奋而疲惫地走回了家。一进家门，和往常一样，先要喊一声："炳西，我回来了。"然后放下包，赶紧跑到炳西的遗像前述说今天我所做的一切。我知道丈夫就是在世也不会表扬我的，然而这种不表扬也从另外的角度鞭策了我。在这四十多年里，丈夫对我取得的每一次成功，从来都不喜形于色，而是到处找我的不足。比如以往在一次全校讲座中，大家都说我讲得不错，他却找出了我很多的不足。可是，当我工作中遇到麻烦，或遇到技术上难以解决的问题时，特别是当我悲观地否定自己一切的时候，他却表现得非常坦然，总是不慌不忙地劝导我、鼓励我，说一个女同志干到这份上已经很不简单了。他的话总会使我鼓足勇气从头再来。就是这样，丈夫推着我，在人生、在专业技术的道路上，我慢慢地学会了走路，跨越了不知多少个艰难险阻。家是我的避风港，丈夫就是我的引路人。四十多年的风风雨雨，我唯一可以肯定的是，只有丈夫才能真正共享我成功的喜悦，分担我工作上的忧愁。丈夫你真的不该走呀，让我这只孤雁该怎么飞呀……

我的悔恨和他的仁慈

今天是2017年正月二十五，大前天，就是正月二十二，我在备课，中间休息一下，就坐在了炳西得病时自己独自一人坐过的沙发上。看着地板革上的胶带连接处留下来的炳西的脚印，我舍不得擦掉它，一直保留到了半年多后的今天。它是炳西留给我的回忆，好像他还依然和我在一起过日子一样，填补着我内心的空白，同时它也引起了我莫大的悲痛和自责。

记得在他的遗物中，有一张2016年6月7日买药的收据，那个时候他每天都很疼，不可能自己出去买药，可这是谁给他买的药呢？这一直就是我的一个疑问。再回想当我发现他吃的止疼药对心脏有危害时，我就给他藏起来，不让他吃了，可是等我下班回来，发现他还是找到了继续吃。我用力地回想着，他拼命地自己买药，不计后果地去吃那种可怕的止疼药，可见他得多疼呀，但当时没有一个人守护着他、照顾他，只是一个人在这个空荡荡的屋子里煎熬着……而我呢，还在拼命地上课，这哪里像个妻子？哪里像个老伴？我后悔莫及，忍不住就放声哭了起来。无奈之下给袁大夫打了电话，述说了我的心情。没想到她还在跟我说工作上的事情，我顾不上一切，没好气地打断了她的话："说那个干什么，现在我主要是想念炳西难以自拔，你应该救救我。"她接着又说："耽误了，早点检查出来就好了。"这更刺痛了我的心，我大声地对袁大夫说："别说耽误了，这和杀了我一样。"是的，我非常非常后悔，出殡那天，我拼命地追灵车，跪倒在地上，大声地喊："炳西，我对不起你！"那真的是喊出了我的心声。这么多年我为什么没有将他的健康放在心上？心脏病是他的老毛病，他自己平时注意吃药，保养得也不错，所以我就大意了，哪想到癌症会找到他头上。袁大夫这一说"耽误了"，顷刻我就不想活了，我要和炳西一起走。我越想越悲痛，挂断了袁大夫的电话，自己大声地哭了起来。

痛哭之余，我依然控制不住自己想念炳西对我对这个家的好。他从来都不责怪我对他照顾不周，他所做的一切都是为了我，为了我们这个家。记得6月7号那天的晚上他就已经昏迷了，可见他病重到了极点，可是6号那天儿子来电话说要回家，他还百般地劝阻不让来，说就是骨头受伤，慢慢养就是了，不用请假特意来。哪知道自己已经得了癌症，而且是晚期。也就是从7号住院后，我们夫妻之间就再也没有像往常一样正常地交流过。就是在6月17号的那天，说孙子要来看爷爷，他挺高兴的，坐上王雄刚买的轮椅，到了院子里。王雄开玩笑地说："老两口找个背风的地方好好聊聊。"炳西好像清楚又明白地对我说："你以前说我们家老太太很仁义，等你把工作都做完了，她就走了。我是不是也挺仁义的，这学期你的课也快结束了，我才病的对不对？"是啊，丈夫真的很仁义，还远不止体现在这一点上。就像他那天对我说的："我用自己的责任心送走了爹娘，送走了大姐，送走了姐夫，还送走了好多领导、同事。"平日里丈夫对同事、对姐妹，对周边邻居的仁义都永远留在人们的心里。丈夫，我现在唯一能够原谅和安慰自己的就是：我找对了丈夫。你虽然离开了我，但你永远是我心中的神。

他是我生活的强大支撑

任何人的工作都不是一帆风顺的，关键是如何面对。在我的人生中，我的工作得到了丈夫很大的支持，由于有丈夫的陪伴，我能较好地完成自己的工作。

排忧解难

我从 2003 年开始从事教学工作，由于是全新的职业、全新的工作内容，我常常是没日没夜地备课。炳西不仅仅照顾我的饮食起居，还和我一起享受教书的快乐，也饱尝着备课时的煎熬。每当我遇到了难题，困惑得不能自拔的时候，炳西总是在旁边安慰着我："新知识不会也正常，慢慢来。"温馨的鞭策使我能安心解决一个个的难题；每当我回到家里唠叨"费这么大的劲儿学生还不懂"的时候，他就在旁边提醒我："要坚持少而精的原则，把知识讲透讲活，学生自然就懂了。"我听了丈夫的话，几经尝试，慢慢体会讲课的方法，还真见效，学生们紧皱的眉头变成了会意的眼神，我的心灵也得到了极大的安慰。炳西不仅是我生活的靠山，还是我工作的支柱，我总是可以稳稳地依偎在他的身旁。

批评和引路

我们两个退休没差一两年。1998 年 1 月 3 日，炳西犯了心脏病，当时把一家人吓坏了，老母亲坐在炳西身旁说不出话来，我和儿子就忙着打 120。由于抢救及时，炳西闯过了那一关，不过心脏做了两个支架。那倒没有影响我们，我们照常积极努力工作。退休后，炳西就没再干什么。我呢，由于自己的性格特点，在家里呆不住，就还坚持上班，这一干就是十几年了。开始还有些压力，因为当教师毕竟是改行，一切都是从头来。我这个人很好强，经过自己的努力学习和锻炼，渐渐地也就胜任了这份工作，而且越干越有兴趣，有时候也觉得自己挺不错的，就在丈夫的面前说两句自满的话。可是炳西总是持有一种观点："有了成绩的时候，要看到自己的不足；受到挫折的时候，要看到自己的成绩。"于是他总是不随声附和我，反而说："你就是搞一些应用科学，要比人家霍金差得远呢。"其实他内心也总是为我取得一些成绩而骄傲。在十几年的退休生活里，我们家里也就自然形成了这样一个局面：我在外边打拼，他在家里支撑着一切。其实，丈夫何止是在支撑着我们的家，更主要的是在心里、在行动上支撑着我的工作。我在学校的每次讲座所用的稿子都要经过他的修改；我遇到的许多困难都由他帮我解决。虽然他是学外语的，但只要他看到的节目或文章等对我的工作有帮助，他都会积极地推荐给我，无论是在报纸上，还是在网上及电视上，只要他看到了有关大数据、强国治军的信息化、网络安全等方面的知识，就帮我收集起来，对我还真起到了引领作用。平时丈夫很喜欢看一些有关人生哲理的书，什么《老子》《孟子》，他都喜欢看。我常从学校的图书馆里给他借书，他看了一本又一本，而且每次都将读书心得讲给我，有时候还要把原著念给我听。我的丈夫不仅是我工作的好帮手，也是我思想成长道路上的引路人。

写书的日子里

我从教已经十几年的时间了，写过两三本书。在我写书的日子里，他总是悄悄地在旁边提醒着我："别忘了存盘!"正是由于他的提醒，我准能在关机前将文件保存得好好的，没有发生过灾难性的损失，他就是这样一个细心的人。不仅如此，我做错了事情，他都会严厉地批评我。记得写书的那段时间里，我常常都要在12点以后才能睡觉，他总是比我睡得早。有一次，我在电话里和伙伴讨论稿子的问题，声音大了些，他躺在被窝里，大声地斥责我："哪能那样对人家孩子说话，这么晚了，还能陪着你写呀写呀，这样的年轻人已经不多了，知足吧!"我心里在想：噢，原来他并没有睡着，还在看护着我呢。其实，并不是那天因为我呵斥了伙伴，他才醒的。他每天躺在那里，也是在挂牵着我，常常对我说："别太累了，早点睡吧!"他就是这样和我心心相印，让我感动着。我真的不敢回忆这些，这好像是昨天发生的事情，好像我们两个还在并肩战斗着。可没有想到这竟然变成了永远的回忆。我的炳西已经走了，再也不能陪着我工作了，不由得又引起了我哭泣……我常告诉自己："不哭，正华！你不是向大姐保证过了吗?"可是，我心目中的这个可人爱、可人疼的丈夫永远地离开了我……

丈夫走了，我强忍着悲痛，还在努力工作着。我想，我要让我教的课一次比一次好，我要让我带的学生更加优秀，不辜负丈夫对我的栽培和期望。如果某一天我真的取得一些突出的成绩，那么我首先要跑到的一个地方就是双凤山公墓，到那里去祭奠我的丈夫，是他给了我一切。

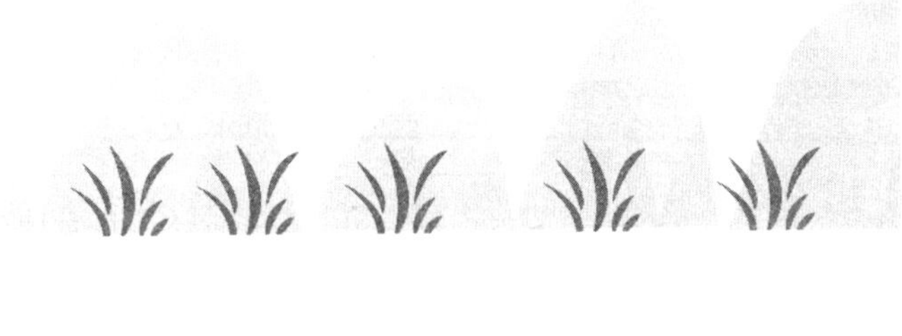

在太原的日子里

2017 年 4 月 15 日，清明节刚过，寻着炳西的人生轨迹，我和儿子一起去了太原。当我刚听到“阳泉”车站到了时，我的思绪就回到了几十年前。阳泉是我丈夫几十年前经常路过的地方，也是我为了去找丈夫，心跳着、向往着常常路过的地方，好亲切呀！我不时地想起我们在太原的日子。

分别的泪

年轻的时候，炳西在太原教了将近四年的书，他在这里洒下了汗水，同时，和学生们也结下了深厚的友谊。他常对我说：“太原的这段日子没有白过，它使我懂得了许多人生的道理，乃至我后来在工作中，也时常想起这段日子，它使我明白了怎样才能做一个好人。”由于对这块土地的爱，他舍不得离开，临走的时候他哭了，车站上送行的学生们也都哭了。后来一个学生对我说：“王老师真好，我们真舍不得让他离开。”当他踏上火车的时候，车下一片哭声，好让人感动呀。可当时我们没有现在的通信工具，也买不起照相机，没能留下那份记忆，真的太遗憾了。我一直都在很好地配合炳西保留着这份情义，保留着刚步入社会时的这段记忆。当他离开这个世界的时候，我首先想到的是要通知他几十年前的学生们。他们从北京、从太原赶来了，当炳西的一个学生抚摸着我的手和肩膀，那时的我已经不知道该说什么了，只是流泪。

艰难地踏上了人生的第一步

和学生们一起下乡劳动

1970 年 8 月，我们大学毕业了。对于一个从经贸大学毕业、腰围一尺三寸的健壮小伙子炳西来讲，对未来充满着无限的向往。当时的工宣队对他的印象很好，在分配的名单中，一看有太原市革委会的名额，就毫不犹豫地把这个名额分配给了他。可是一到太原，就全不是那么回事了，并没有让他在市革委会工作，而是把他分配到了太原十八中学。在那个“知识分子是臭老九”的年代里，大学生很受歧视，尤其是教师，更不是人们看好的职业。同时，我们两个没有确定关系，我家里全然不同意这门婚事，一是两人不在一起（那时调动工作真的比登天还难），二是觉得他工作不好，没有前途。我也犹豫不决，这一切无疑给这个年轻人的精神套上了无情的枷锁。他想调到化肥厂去当工人，但当时对于他这个两眼一抹黑的外地人来讲，那是根本不可能的事情。

他承受着巨大的压力，一边频繁地给我写信，唯恐我们的恋爱关系发生变故，一边努力工作着。出于对工作的责任感，加之学生时代的那种血气方刚的劲儿依然保留着，他爱上了自己的这份工作。他竭尽全力教给学生们知识，铺垫着他们人生的道路。他从没有什么老师的威严和架子，常常和学生们一起打篮球，一起下乡劳动锻炼，带领学生参加体育、文艺比赛。他所教的班在 1×400 米接力赛以及全校文艺汇演中都多次取得好成绩，他快乐地生活在这个集体中（右边是学生们保存下来的照片）。

分别留念

师生情意

炳西爱学生如同爱自己的家人，学生们也很爱这位王老师。知道有个学生住在姥姥家，他就毫不犹豫地让这个学生搬进了自己的宿舍。在他去世的时候，这位同宿舍的舍友曹跃进同学自然也来了，他哭泣着对我说：“节哀吧！”他回太原后，一直在惦记我，不知怎么安慰我才好，给我发来了很多他一直保留着的和王老师在一起的照片，并标注上："看我们当年特别帅气的王老师!!!"这种真诚，这种朴实的爱，我将永远铭记在心。

炳西带过的班全班同学合影

丈夫走后，我最害怕的就是过年过节，因为那是我最想念丈夫的时候。记得在2017年端午节那天，家里一片冷清，我越发感到孤独，只有丈夫的身影在我的脑海里徘徊。不过有时候也好，当只有我一个人的时候，又有较长的时间，就像这次端午节，我独自坐在电脑旁书写怀念丈夫的回忆录，虽然常常是哭着写的，有害于自己的身体，但它能抒发我真实的情怀。今天当我写着写着，就非常想感谢那位为我保留了40多年照片的炳西的舍友曹跃进，于是我就发了微信给他。这位不善言谈的学生给我发来了他真诚的道白："春蚕到死丝方尽，蜡炬成灰泪始干，山高水长有时尽，唯我师恩日月长。"接着他又发来微信说："人生是一条没有尽头的路，我走着，走着，不断地走着。当我疲惫懈怠时，我就会想起您坚定的面容、坚毅的声音、坚韧的精神。老师，您教会了我生活，我怎能将您忘怀！”

我读着，流着泪，不自主地拨通了他的电话，他述说了自己对我们的关怀和王老师对他的爱。

遗失了四五十年的照片

我读中学时的照片

这张照片是我初三或高一时候的照片（记不太清了），身上穿的这件毛衣还是我自己织的，当时很多人看到我这张照片都说照得很好，好几个亲戚都抢着要我这张照片，我也挺珍惜地保留着，可不知道什么时候就怎么也找不到了。四五十年的光景一闪而过，这张照片也被我遗忘了。这次太原之行我意外地得到了它。在十八中的校园里，我们大家回忆着往事，曹跃进送给了我一个纸包，上面写着“珍贵留念！曹跃进”。我打开一看，激动不已，手几乎都在颤抖……我终于知道了拿走我这张照片的人是谁，原来是我的丈夫，是那个痴心爱着我的丈夫。大学毕业后我们被分配到了不同的城市，在信息交流困难的年代里，我们只能用写信的方式关心着对方。到了谈婚论嫁的时候，他就到了太原，在蹉跎的岁月里，我们都被思念煎熬着。我独自一人在石家庄，周边没有一个亲属，每天下班的唯一期盼就是在传达室能看到炳西的来信。炳西又何尝不是如此。这次来太原我才完全明白了丈夫想我的办法就是学生们所说的“王老师经常带着我们洗照片”，这张照片的缘由也就很清楚了。学生还对我说：“我们经常偷看王老师铺底下您的来信。”他们还像小孩子似的顽皮地笑着，而我的心却久久平静不下来。回忆当时的丈夫在信中很少和我讲他怎么怎么地想我，他很会疼人，怕我分心，总是安慰我，嘱咐我安心工作。不管我在工作中遇到什么不开心的事情，他都能帮我化解。在以后的三四年里，就是这些信支撑着我们往前走。

两次到太原

炳西在太原工作期间，我两次到过这里。第一次是在恋爱之中，懵懵懂懂的也不知道苦与乐，炳西带我到饭店里吃了些什么也记不清了，记得学校把我安排到一个小平房里，住了一宿就回来了，一切都没有过深的印象。第二次则不然，我们已经结婚了。那是“五一”国际劳动节，放了几天假，我住了几天，真正饱尝了这里的一切。没有洗澡的地方，炳西就给我准备了个大铁皮制作的洗衣盆。吃饭大部分都是粗粮，只有百分之十或二十的细粮。炳西尽量给我吃馒头，细粮被我吃光了，炳西就拿粗粮里最好的高粱面饼来招待我。由于是新婚的小夫妻，恩爱胜过了一切。长久的分居，使我们两个都倍加珍惜这三五天团聚的时间，我忙活着帮他收拾屋子、洗洗衣服什么的，炳西就连在课间休息的时间也要回来看看我，唯恐我离开他。那种幸福而单纯的爱，立刻都浮现在我的眼前。记得炳西从别人那里借来一辆自行车把我从火车站带到那间陈旧的三楼宿舍里，炳西高兴地给我介绍，学校里给了我们这间宿舍。剩下的三五天时间，我们哪儿也舍不得去，除了在附近的小公园里转转，其余大部分时间都是在谈论我们分别的痛苦和憧憬着我们的美好未来。那个时候只感到和丈夫在一起的甜蜜，没有感到生活上的半点艰苦。同时我深深地感觉到：我不能离开自己的丈夫了。炳西又何尝不是如此呢，当他还是用那辆自行车送我到车站的时候，我们两个谁也忍耐不住这种分别的痛苦，抱头痛哭……火车的笛声响了，炳西靠近火车门，紧紧地握住我的手不放，车警摇起了红旗，我们无奈地松开了对方的手。无情的火车把这对恩爱的小夫妻分开了，至于火车里有什么，以及乘务员检票，我几乎全然不知，我呆滞地坐在那里，一动不动，只有眼泪在不停地流，脑海里浮现的全部是丈夫的身影……

丈夫给我留下来的精神财富

丈夫走后，我思念他，更不愿意丢掉他给我留下来的一切。太原的学生们就是他给我留下的一笔莫大的财富。他经常和我讲起这些学生，每当学生来看望他的时候，看他那个高兴劲儿，无论谁都会理解他那份淳朴的感情。我很理解丈夫，这次太原之行就是要留住丈夫的这份精神财富。同学们得知我和我的家人要去太原都非常高兴，李跃宇同学还专程到学校联系，希望校领导接待我们一下，他还组织车辆专程到车站接我们。我和儿子见到了同学们真的如同见到亲人一样，他们簇拥着我们娘俩到了太原十八中拍照留念，并带我们去了一家豪华的大酒店。田乃瑚等几个同学亲切的话语使我控制不住自己，我流着泪，哽咽地对同学们说：“感谢你们多年来对炳西的关怀与厚爱，我会永远记在心中，也希望我们的友谊像松柏一样万古长青！”同时我在心里不停地呼唤着：“亲情、友情，留着吧！”

下午我们就离开了太原，同学们送我们到车站，当时的我已经说不出话来，坐在火车上，用微信对他们讲："车开了一会儿了，我的心一直平静不下来，见到了你们，我仿佛回到了从前，我是多么希望炳西能坐在我的身旁和你们一起吃饭，一起回忆往事，然而这已经变成了幻想，他永远离开了我们。你们让我感到格外亲切，见到你们，好像见到了自己最亲最亲的人，什么都想和你们哭述，可是伤痛的心使我再也不知道说什么，只有泪水表露了我的心，我真的舍不得离开你们，舍不得你们给我的关心与爱。"张赤也代表同学们给我发来了微信，她写道："师母：您好！见到您，我们也感到特别亲切，没有一点陌生感，其实我们何尝不怀念敬爱的王老师，又多么希望老师能和我们促膝谈心回顾往事，多么渴望聆听老师的教诲。遗憾的是这些年我们都在瞎忙，很少和老师来往，没见到老师最后一面，留下了终生遗憾，回想起来真是后悔极了。师母，我一定把您的心里话转发给同学，同时也真切地希望您能尽快地从悲痛中走出来。师母保重！"我记下了同学们真诚的道白。丈夫留给我的这份人间的真爱，这份精神的寄托与财富，我将永远好好地珍藏着，保存到永远。

2017 年 4 月 15 日，我和炳西的学生在太原十八中的合影留念

他给我留下的美好记忆

高中时代他的三个“第一”

高中时代我和炳西是同班同学，他是我们班最小的一个。我是班里的团支部书记，炳西是语文课代表，到高三他又当上了班里的壁报委员。当然班里影响比较大的还是班里的班干部，炳西自然算不上什么知名的人物。但是他是全校的两个第一和班内的数学第一却给我留下了深刻的印象。

我们在高中一年级的时候，虽然风华正茂，血气方刚，但在高三、高二的大哥哥大姐姐们面前，我们是不敢出头的。可没有想到的是在一次全校生字听写考试中，炳西竟然取得了全校第一名的好成绩。

炳西获得第二个第一的时候，好像是在高二（记不太清了），全校进行时事政治考试，炳西又获得全校第一名的好成绩。

最后的一次应该说是我最难忘的一次。那是高二的时候，数学课在讲排列与组合，全班进行考试，不及格的一大批，我只考了 64 分，这个成绩对于我来说真的是无地自容，可是没有想到的是，那个不显山、不露水的王炳西同学竟然得了 100 分。这个突出的成绩一直使我记忆犹新，甚至我至今也不明白为什么在别人都不行的时候，他却能考出满分，取得第一名的优异成绩。或许是因为他有较好的记忆力，或许是有点小聪明什么的。

他家盖房

什么事情说来也是巧合。记得是高三的时候，同学们之间都有比较深厚的情谊，当时也正是学习雷锋的好时代，同学们谁家有事情，大家都会去帮忙。有一次听说王炳西家要盖房子，所以，好几个同学都去帮忙，我也参加了。

有的挑水，有的和泥，有的搬坯，还有的帮忙做饭。第一个映入我的眼帘、使我耳目一新的就是这个王炳西同学。他在班里年龄最小，又不是什么正式的班干部，在班里很少能显出他什么。可是这次盖房之事可显出他的本事来了。他给我的第一印象就是他的组织能力很强 ，他的人脉关系很好，好多人来帮忙，在嬉笑逗闹中，他把大家组织得井井有条，让大家有种非常轻松的快乐感；第二就是他有一个矫健的身躯，挑起一担水就像没事人似的，真是个棒小伙子。

事情就是那么巧，高中正是青春时期，大人就爱评论哪个人长得丑俊。那天帮忙，我负责烧火做饭，炳西的大姐偷偷和他妈妈说："那个烧火的女学生真俊，要是跟了炳西多好。"当时我并不知道这回事，是炳西后来对我说的，他当时也没把这话放在心上，没有想到几年后我们竟然真的成了一家人。

他从容地面对高考

炳西常跟我说，妈妈从他们小的时候就非常重视他们的学业，就是家里再穷，也要让孩子读书。尤其对他来说，上边有三个姐姐，一下子有了他这么个儿子，妈妈对他的学业更是倍加重视，他刚满 6 岁妈妈就亲手给他缝了个小书包，逼着他上了小学。从此直到上了大学他都是班里最小的一个，同班同学有的都比他大五六岁，甚至更大。可是没有想到他的学习成绩一直遥遥领先，小学就是大队长，三道杠。初中一直是个小班长。但是一提起入团，他好像是不懂，也不热衷。初中毕业了，他不是团员，所以到了高中，班干部自然也就没有他的事。在班里他好像什么都不在乎，还常常和几个捣乱的同学打斗，但学习他倒是没有落下，有时候还来点小突破。比如，学校组织我们观看《青春之歌》电影之后，让我们写观后感，他的记忆力好像比一般的人好一些，所以他在观后感中写了很多电影中的经典语句，老师还误认为他抄的别人的，他就理直气壮地对老师说："这是我自己写的。"他的文学水平不错，高中毕业的时候，他报考了文科。在我们那个年代，能考上大学，那简直是个惊天动地的事情，同学们都在拼命地学习，多数同学都学习到深夜一两点钟。可他却不然，当然他也在努力复习功课，就是从不熬夜。他总是坦然地面对现实，他说考不上就到队里干农活，帮助妈妈挣工分。

那台收音机

大学一毕业，他给我看的一个作品就是一台收音机，那个年代我们还不懂得什么礼物不礼物的，反正我们两个都喜欢听。让我百思不得其解的是他一个学习阿拉伯语的大学生怎么会装收音机，还佩戴上电池盒，机箱也装配得很到位，连我这个真正学无线电的人也没有做到这种程度。后来他对我讲述了他装收音机的全过程。二姐给的生活费，自己省吃俭用，买了电烙铁、元器件，然后自己看书学习，自己组装调试，最后还是自己配机壳和电池盒。这需要多么坚强的毅力呀！那个时候我就暗暗地在想：“炳西真是个好样的。”

凉台上的花

我的丈夫和他养的花

丈夫很喜欢养花，他养的卡特兰开花了，他养的兰花也开花了。我当时都拍了下来，好好珍藏着。丈夫干什么事情都很执着，非要干好不行。他养的这些花给我们的家增添了生机，给我留下很多美好的记忆。

丈夫走后，我唯一害怕的就是抹掉他在时家中的一切，遗忘掉他和我在一起过日子的每一个微小的片刻。我使劲地回味着、记忆着、保留着他在时家中的一切场景，好像这样还能赶去我的一些孤独与无奈，还能抚平我心灵上的伤痛，好像丈夫还在旁边抚摸着我、呵护着我一样。

凉台上的花也是一样，

我努力模仿着丈夫努力养护着它们，唯恐它们死掉，若是那样，好像丈夫的影子就没了，我好像就没有盼头了。看到它们还那样，好像丈夫还在陪伴着我，心里就好像踏实了许多。今天又是一个星期六，也数不清这是丈夫走后的第几个星期六了，我和丈夫在时一样收拾着凉台，和丈夫在时不一样的就是我不单单只做卫生，还要给花浇水和施肥。记得有一段时间没有给花施肥了，我忙活着用丈夫保留在瓶子里的花肥一盆一盆地给花施好了肥，和往常一样我又把凉台擦得干干净净，除了几个花盆的底座坏了，我换上新的之外，其余都和丈夫在时一模一样，花还是那几盆，凉台物品一动没动。我幻想着、哄骗着自己，炳西还在和我过日子呢，可是当我回转身来，踏进大屋（就是我们的客厅）的时候，一切都使我感到那么地茫然。炳西没在，那个大宽肩膀子坐在电脑旁下围棋的丈夫没了，那些“别把自己搞得太累了，差不多就行了……”温暖我心灵的声音也消失得无影无踪了。我迅速跪到了炳西的遗像前，哭泣地祈求他：“丈夫，你回来!”

我要嫁给他

求 婚

高中毕业后，我们各自奔向了自己考入的大学，他以全班文科第一名的优异成绩考入了对外经济贸易大学，我考入了河北工业大学，我们一直保持一般书信的来往，彼此介绍学习情况什么的。在大学期间，我唯恐别人猜疑自己谈恋爱，就让他把信寄到我二姐家中，每周六我都会到二姐家去取信，就这样我们一直保持着这样不凉不热的同学关系。有一次我到了北京，就给他打电话，他到北京化工学院找我，我们聊了很久，一起步行了很远很远，我也记不清是到了哪里，就是一直谈论大学时代的生活，谁也没有涉及私人的事情，而且天很晚了，谁也没说吃顿饭，就各自回学校了。

当时要说一点也没有想过两个是否有特殊的关系，也不全是，我一想到他比我还小的时候，就觉得那不太可能吧，于是就安慰自己说："我们是好同学。"可是随着时间的推移，我们彼此都愿意将自己的心里话说给对方，好像有一种默契感。就在大四的时候，他终于委托别人说起了我们的关系，这是我有生以来第一个向我求婚的人。我当时都蒙了，只是说没有这么回事，但还一直保持着私下的联系，直到大学五年级，我们就要毕业了，他给我发来了加急电报，告诉我他分配到了太原市革委，这时我才真正地清醒过来，真的到了谈婚论嫁的时候了。

他打动了我的心

我和炳西共同生活了43年5个月零13天。是什么力量使我们两个人结成了终生的伴侣？那是大学刚毕业，我们相见了。五年的大学生涯，我们很少能安静地坐在一起聊聊，所以一见面好像还有点生疏似的，也没有多聊什么，就是忙着去报到，到了目的地就忙着找工作，更谈不上两个人定关系，只是一起坐车到了石家庄，然后他就去了太原。因为兵分两地，家里对我们两个的婚事就是犹豫。记得在我临出家门的时候，大姐给我买了新衣服，还有好多日用品，甚至连卫生纸都给我带上，好像我就要到深山老林里去了。和炳西一起走，有个伴儿，家里人也放心。大姐还再三嘱咐我："和人家没定关系，别花人家的钱，也别要人家的东西。"我牢记在心。路途中我们还要在北京倒车，在天安门附近，我们随意地溜达溜达，中午该吃饭了，他拿出了他妈妈煮好的鸡蛋给我吃，我说："不用，我也带着吃的呢。"他开玩笑地对我说："没定关系也没关系，同学之间吃个鸡蛋没事。"我挺尴尬的就吃了。

那是我第一次离开父母、离开家，心里还真是有点害怕。可是当坐上去往石家庄、太原的火车时，我的心却感到那么踏实。他让我坐在靠窗户的座位上，自己坐在我旁边，然后就用自己那宽厚而又结实的臂膀照护我，给我找水喝，给我买饭吃，给我扇着扇子……我第一次得到一个男人这样细心的呵护，有一种说不出的幸福感。我们聊着各自在大学的不同经历，聊着我们高中在一起上学的生活，聊着我们以后工作的设想，不知不觉地我们就到了石家庄。初来乍到的，哪儿也不认识，他帮我找了个熟人，从桥东走到桥西，当时还是年轻，一点也不感到疲惫。我们费了很大的劲儿才找到石家庄市人事处报到。因为来晚了，好的单位让人家挑走了，我当时也不知道好与坏，就去了石家庄国棉四厂。炳西把我的工作安顿好、宿舍整理好后，就去了太原。

一别就是半年，那时没有手机，长途电话费也贵，又舍不得花那么多的钱，我们只好用书信联络。对于刚离开家门的我来说，周围没有一个亲属，只是盼着星期六他的来信。他的那一大堆信件，鼓励着我下定决心好好学习一门技术。在工作期间，炳西多次嘱咐我不要动摇，不会就学，总能学好一门技术的。我听了他的话，在他的陪伴下我走过了四十多年的技术生涯。

然而在这一大堆信件中，也有我们两个很多的痛苦和不愉快，那就是婚姻的事要不要定下来。按照他的意愿应该早就定下来啦！可是我这边家庭的阻挠，使我迟迟下不了决心。家里的意思一是两人不在一起，又不好调动；二是教书的没有什么前途。虽然大哥特意去了一次太原看了看，说人挺好的，再说他也不一定就教一辈子书呀！可家里还是不说个“行”字。我是又怕得罪家里人，又怕伤害他。所以我们的信好多是在行与不行间折腾，几次我都说算了吧，他不肯，还是不停地给我讲道理……好不容易他放假了，我们终于能面对面地聊一聊该怎么办。我们在一起的日子里，就发愁以后怎么办。当时我就说算了吧，各走各的吧。他在我们厂的招待所里住了几天，等我一放假我们就一起回家了。

一路上，我们成了旅伴，因为我们以后就没有关系了。很少再说什么甜蜜的语言，要么面对着发呆，要么说上两句冰冷的话……快到北仓车站了，他就要下车了，这时，两个人谁也说不出话来，彼此凝视着对方的泪水。他拉着我的手说："我走了。"两个人顿时都傻了。我独自一人回到了家，回味着他那坦诚的语言，回想着他那真诚的面孔，回想着他令人心酸的可人疼的泪……同时我也记起第一次到他家去，我不肯住下，那是一个刮着西北风非常寒冷的冬天，我坚持要回家，他家里人决定让他和弟弟炳义一起送我。当时我感受到的是从未有的温暖。天气寒冷，还刮着西北风，他也顾不上旁边还有他的弟弟，就紧紧地把我贴在他的怀里走，也不怕冻僵了的手的疼痛，极力地拽着我的大衣帽子，唯恐被风刮掉。他的那种热诚、那种体贴、那种真挚，使我的心怦怦地在跳。想到这些，我再也忍不住了，回到家就和妈妈述说了我们两个的真实感情。妈妈听后，马上说："咱别把人家孩子给坑了，快让你姐夫把他叫来。"两个姐夫一起到了他家，让他马上到我家来。刚过完年，他穿着一件新棉袄很快就到了我家，从窗户里我就看到他来了，我得到了好大的安慰，心就像一块石头落了下来。

我们两个这才安心地坐在了一起，述说着分开的那一刻的思恋。他说："下车后，我没有马上回家，正是大腊月，天气很冷，风也很大，自己就躲在背风的大堤下哭，真是舍不得离开你。"我听后又陪着他哭了一会儿，我们两个才慢慢地平静下来。他又对我说："我爸爸妈妈把猪卖了，加上平常姐姐给的、积累的一些钱，给你买了块手表。"我听到后，并没有感到有一块进口的瑞士"卡美"表就怎么高兴，只是觉得两位老人太不容易了，姐姐们太好了。有一个和美的家，有一个疼我、爱我的人，什么两地分居，什么穷教书的都不在话下，我一定要嫁给他。

婚事虽然定了，但我们一直分居。1970 年我们大学毕业，很多同学早就结婚了，1973 年 1 月 25 日我们才结婚。1974 年 1 月我就要生孩子了，怎么办？我一个人带孩子，又没有亲属帮忙，真是很困难，当时我挺着大肚子，每星期两次跑到市委请求调动，长此以往连组织部的人都感动了，最后把炳西调到了市外贸局工作，我们终于团聚了。

然而，炳西却过早地离开了我，我实在受不了这种孤单与无奈，我甚至每时每刻都在怀念炳西，思念与彷徨随时都在折磨着我，我随时也在回味我们幸福的生活。那块“卡美”表坏了，我把它修好，放在抽屉里，时常看看它，想着炳西对我的爱。

我的思念

丈夫离开后头一次过年

丈夫走了半年多了，这是我离开他过的第一个年。我不知所措，只有打扫卫生是我习惯上要做的事情。记得每一年丈夫都会怒斥我一次，就为春节前的大扫除，他总是嫌我搞卫生用的时间太长，太细致。近两年他好像变了，我们渐渐地老了，他越发心疼我了，不再批评我，而是耐心地劝阻我："正华，差不多就行了，别累着。"我也慢慢地学会了听从他的劝阻。而今年丈夫走了，再也没人关心我了。我放任自流，为所欲为，自己的老毛病又犯了，说干什么就拼命地干。结果我的手裂了，血压也高了，坐骨神经的病痛得难以入睡。炳西，没有你的日子里，我真的不知道怎么生活，你就是我身边的一颗星，每天都在照着我前进的路。正像你平常开玩笑对我说的："我这辈子就好像为你而来，你每天上班走了，我的心都在跟着你走。"我的好丈夫，我那贴心的丈夫，记得我有时候下班晚了，你就会拼命地打电话找我，唯恐我出现什么意外。

没有丈夫了，这个年怎么过呀，我模仿着丈夫准备年货，我不怎么会买东西，也不知道该买什么东西，只是求助大姐、小英，学会了调饺子馅，还买了一些菜和水果。大年三十的那天早上，我还去早市买了鱼和绿萝卜，还有草莓，这些都是丈夫必须买的东西，我还是学着他的样子去做。今天儿子 12 点多回来的，儿媳妇和孙子没回来，是因为孙子滑雪把脚扭着了。儿子忙着把灯换好擦干净，窗帘也都挂好了，令我高兴的是儿子还想了个法子，把门也修好了。接着就是包饺子、煮饺子，最害怕和恐惧的事情我忍了又忍，最后还是鼓起勇气和儿子说了，要不要摆放他父亲的遗像上供，他很果断地说"上"。一切都是他摆放好的，当饺子放好的时候，我对着炳西的照片说："在那边自己好好过年吧，我都挺好的，放心！"泪水再也忍不住了，我哭泣着，儿子将我搀扶到沙发上。那个宠着我、惯着我、爱着我、疼着我的丈夫再也不能和我们一起过年了。他那操劳而自感幸福的身影，他那期盼这个家兴旺起来的样子，他看着我们和睦家庭喜悦的样子，一下子全部涌进我的大脑。他走了，我的泪水无法止住，哽咽着吞进几个饺子，在懵懂中回味着和丈夫在一起过年的味道……

初一，我和儿子去了柏林禅寺敬了香，祈求佛祖保佑我们全家平安，祈求佛祖赏给我内心所渴望的事情，我跪拜了多次。

初二，儿子带我去了白鹿温泉泡澡，还做了按摩，这是炳西最信服的医疗手段，好像坐骨神经和肋骨都好多了。

初三，我开始"上班"了，将年前没有完成的论文全部写完了。中午我好像是喝多了，我学着炳西的方法喝了一瓶藿香正气水，还挺管事，不那么难受了。转眼间我发现儿子没在屋里，家里只剩下我一个人，看看炳西的遗像，我跪倒在地号啕大哭起来。炳西你为什么离开了我，我想你，整个世界只有我们两个是贴心的伴侣，我舍不得你，你是我生命的唯一，谁也顶替不了你，只有你从内心疼爱我、娇惯我，任我自由。你做饭我可以什么都不管，心里总是那么踏实；我喝水你总是把水放到我眼前，我也没觉得不好意思；我腿痛了你给我按摩，也不会担心你嫌弃我。所有的这一切都没了，我心里总是害怕和恐慌，在没人的时候，我恨不得抱着你哭诉我的心情。

初四这天，我听见儿子给儿媳妇打电话问安迪脚受伤的事情，我不忍心再让儿子陪伴着我，催他赶紧回去。儿子没有吭声，说明是真的要回北京了，我独自一人，孤单地生活，那种无奈，那种恐慌，那种想念丈夫的难以忍受的悲痛立刻就冲击着我的心灵，我忍不住，面对儿子我又哭了。炳西病的时候，是我和儿子守候着；炳西走的时候，是我和儿子送别的；三十的夜，也是我和儿子敬贡着。我和儿子在一起好像就有力量，一听他回北京我就慌了，我不知道自己今后的日子该怎么过。他每来一次都在教我做饭，我也在努力学着，可是一个人做饭，哪里有那么多的兴致，现在唯一能安慰我的就是对丈夫的回忆和思恋，捕捉丈夫给我留下的一点一滴的痕迹和影子。我总是放不下，恨不得随时随地都能看到丈夫、抓到丈夫。今天是大年初四，我忍不住把手机里的照片又重新整理一下，仔细地看着丈夫、想着丈夫，期盼着丈夫永远活在我的心中。

清明节到了

转眼间，炳西离开人间已经有九个多月了，我的那种孤独和无奈，使我懂得了什么是和丈夫永别，今生今世我们将永远不能在一起了。他的离去好像就发生在昨天，他瞪着两只灰色的大眼，张着嘴停止了呼吸。我舍不得忘记炳西的遗容；舍不得忘记炳西躺在床上，我将他的手焐热，我们两个心心相印的情景；更舍不得忘记追悼会上我抚摸他的脸蛋时的感受。

丈夫的离去，使我失去了精神的支柱和食粮，我常常恐慌，常常害怕，常常抱着荒唐的幻想："丈夫你还回来和我过日子。"清明节到了，更加勾起了我很多不合情理的胡思乱想。孩子们4月1号就回来了，说是2号就去双凤山。这一夜我翻来覆去几乎没有睡觉，我太想炳西了，我希望能见到他；希望他还能像往日一样关爱着我，照顾我的衣食住行；希望他还能像往常一样大小事都给我做主；希望他能拉着我的手，告诉我今后我该怎么过日子，我这只孤雁该飞向何方。

4月2日，我流着泪到了双凤山，我想着给丈夫带上烟和茶叶，他曾经对我所说过的，我都会按照他说的去做。我痛苦地呼唤着："丈夫你回来和我过日子，丈夫我想你！"祭奠之后，我独自坐在炳西的骨灰前，述说着离别后的悲痛，述说着心灵的创伤，述说着自己难解的问题。我还带上了炳西的那块表给他看，并告诉他，我每天都带着它，永远想念着他。我抚摸着他的骨灰盒，恨不得紧紧地抱在怀里，体验丈夫旧日里给我的温暖。然而这一切都是梦，我绝望地走回了家。我好像又变傻了，脑子里除了炳西之外什么都没了。

我和孙子并肩走着，路过我每天打太极拳的地方，就情不自禁地对孙子说："每当我想爷爷的时候，就到这里来打拳。"和小孩子说这些，无非是想得到同情，我说着泪又流了下来。孙子似懂非懂地用小手拍拍奶奶的肩膀。亲朋好友们都在劝说我别总哭了，要坚强起来。可是失去丈夫的这个滋味实在是让我难以忍受，我真的是在孤独和悲痛中慢慢地熬着自己的生命。

清明怎么会变成了丈夫的节日，我总不相信这是事实。这两天我忙乎着收拾屋子，儿子还帮我把卫生间的墙壁刷了刷，家里显得挺清新的。我想丈夫可能会回来看我，我要让他知道我们的家还和以前一样。他的鞋拔子、他的痒痒挠、他爱看的杂志都放在原处，就连睡觉的位置也依然如故，我和丈夫还是在一起生活。虽然阴阳两重天，但我们两个人的心永远在一起，丈夫的灵魂依然存在，丈夫会永远陪着妻子走过余生。

丈夫的忌日

光阴似箭，炳西离开我好像是在昨天，但已是一周年。我惶恐地准备好了祭奠丈夫的东西，儿子还买了好多丈夫喜欢吃的食品，我们一起到了双凤山。

儿子放好了灵牌，又摆好了贡品，我已泣不成声。一边烧纸一边哭诉着对丈夫的思念；一边忏悔着："丈夫，对不起，生前没有好好照顾你，没有好好陪伴你。"一边拼命地呼唤："丈夫，咱不到这里来，你跟我回去，咱们两个还在一起过日子。"这些无意识的呼喊持续到将纸烧完。我跪在丈夫的灵牌前，祈求丈夫对我的宽恕；祈求丈夫别扔下我不管；祈求丈夫能照顾好自己……最后，我被儿子拉到了骨灰前，我帮助丈夫收拾一下，摸摸他的骨灰，又双手紧握着他的遗像，拼命地喊："炳西，咱怎么到这里来了，这不是真的，跟我回家。"

儿子劝我："行了，走吧！"我难舍难分地离开了丈夫。回家后，我改编了呼斯楞《风中的额吉》这首歌的歌词，不时地跪在炳西的遗像前，唱给他听……

秋风萧瑟荒野漫漫

成群大雁结伴向南

我心思念北方草原
风中的炳西身影孤单
路途遥远万水千山
隔离不断我的思念
相聚时难别离也难
我用深情将你呼唤
炳西，风中的炳西
在时光中慢慢远去
时常在梦里我看到你
眼中是思念的泪滴
路途遥远万水千山
隔离不断我的思念
相聚时难别离也难
我用深情将你呼唤
炳西，风中的炳西
在时光中慢慢远去
时常在梦里我看到你
眼中是思念的泪滴
炳西，风中的炳西
让我擦去你的泪滴
时常在梦里我看见你
像从前一样的善良
像从前一样的善良
像从前一样的善良

离开炳西的日子里

路在何方

炳西走后，我从照相馆定做了两个大照片，一张是炳西自己的，一张是我和炳西最后的一次合影。由于我身边没有一个亲属，当我伤心欲绝的时候，我就抱起炳西的照片，亲吻着炳西的脸，哭呀哭呀……天总是那样灰沉沉的，我完全失去了人生的方向。

一次，泣不成声的我拿起了手机，给儿媳妇打电话，述说自己真的不想活了，想找炳西去，我们两个还在一起生活。她吓坏了，马上规劝我说："您要知道，您现在不是一个人活着，您现在是在为两个人活着，安迪依然还有爷爷和奶奶!"再想想儿子说的话："我爸爸的灵魂还活着，和以前一样，只是生活的方式不一样了。"孩子们的话好像使我有了一点微妙的希望："炳西的灵魂还活着。"在迷茫中，我到处在寻找着炳西的灵魂。

好心的河北传媒学院信管学院陈院长说：让刘老师多在学校里和同事们聊聊天，散散心多好。可那时的我已无心聊天，只要是讲完课就赶紧收拾东西赶班车。我怕炳西又担心我，我总是用急促的脚步赶回家，寻找着炳西的踪影。炳西还坐在转椅上下围棋呢；炳西又给我洗好了那么多的水果；炳西又买来了那么多好吃的东西；炳西又在和我开玩笑："教授，送水来了……"

面对似乎得了忧郁症的母亲，儿子自然不放心，他每隔一个礼拜就要回来看我，给我宽心，给我做好吃的。开始每来一次都给我炖上一锅牛肉。后来怕我吃腻了，就换成买大虾，再后来又变成了炸酱面……儿子关心着我的一行一动。一次我到西宁开会，他竟然乘飞机赶到西宁去陪伴我。儿子是个好儿子。可我不能总是给他增加负担，我要有个自己的生活出路。听学校的一位老师说，四川的农村很好，可以长期住在农户家里，我就想到四川深山里的农村去。可我又舍不得离开自己热爱的工作，就想离开这里，走得远远的，让儿子找不到我，就省得让他惦记了，于是我就托朋友在深圳找工作，我的好朋友很帮忙，但找了好久也没有找到，我失望了……

像喷泉的水

水卡、电卡、煤气卡，就连我的退休认证本放在哪里，卡号是多少，我全然不知，只好翻阅家中的电话本。翻阅中，我竟然发现租我家地下室的用户和他的联系电话，炳西都写得清清楚楚，莫非炳西早就感觉到自己要走了……他为我想到、安排好了这一切。

可是，生活中突如其来的灾难，让我拼命地呼喊着：炳西，你回来！一次，我在家里洗衣服，不知是怎么回事，水龙头的水像喷泉似的向外流，我吓坏了，不知所措，只好停止了洗衣，用毛巾捆住了水龙头，但水依然哗哗地流着。我的泪伴随着水流夺眶而出，顿时，我什么也不能想，唯一的就是思念我的丈夫。要是炳西在，这样的灾难性的事故就不会发生，他早就维修好了。

在我们共同生活的日子里，大事小情他都料理得非常到位。有时候我忘记了的事情，他真能帮我回忆起来；我找不到的东西，他准能帮我找到。高中时候，他是我们学校的业余电工，我家里的电线他都布设得井井有条。正是他这样默默地维护着我们的这个家，使我才能过着无忧无虑的生活，饱尝着家的温馨。可万万没有想到这样美好的生活却变成了我对炳西的回忆与思念。

养　花

在失去炳西的日子里，教学的这份工作占去了我不少思念炳西的时间。我每天奔忙在教课、备课之中，有为难之处，也有欢乐之时。人活着还是要有个追求，如今我还能为社会做些贡献，应该说是对我的最大安慰。

但是，想念丈夫的这个心病是无法让我摆脱得了的。每当我端起水杯的时候，就想起炳西给我配制的特殊的营养茶；每当听到门的动静，就赶紧张望；每当端起饭锅，就想起炳西辛劳的身影；特别是当下雨下雪的时候，我害怕地等着炳西开门进来，然而等来的只有冰冷的寒风向我吹来。此刻，我就想起炳西宽大的肩膀照护我的情景……炳西感人的往事总是让我忍不住自己的眼泪，长此以往我虽说没有哭瞎双眼，但却哭伤了我的脸颊。无奈之下我只好去看中医，几千块钱扔进去了，也不见明显好转。有一天，这位王大夫充满爱心地对我说：您是否培养自己的一些爱好？王大夫的这句话真的启发了我。丈夫喜欢养花，他走后，花也没人会照顾了，有的已经枯萎了，我何必不学着丈夫养好我家的花？从此我就开始学习养花，花养得还不错，有的开满了枝头，看着花，我就轻轻地告诉丈夫："咱们家的花开了。你放心吧，你所关心的事情，我都会好好地去做。”

炳西的“小本本”

炳西，你走后我饱尝了永别的痛苦，饱尝了孤苦和寂寞。每当我下班回来的时候，一进家门，我还常常习惯地喊一声：“炳西，我回来了。”一次喊，没人答应我，我到处找找，没有炳西，心想可能出去了。第二次再喊还是没有回声，第三次喊还是……长此以往，我真的醒悟了，炳西和我永别了……这个我从来不敢想也不肯承认的事实，就这样残酷地变成了现实。

由于炳西无微不至的关爱，使我好像不食人间的烟火，我不会生活，不会照顾自己，不会处理家务，不会……现在没有菜和日用品了，我也去超市购买。在熙熙攘攘的人群中，我不知道该买的东西到哪里去找；没有饭吃了，又怕花钱太多，我就到处找便宜一点的饭馆；退休要认证，到哪里去办理？我全然不知所措，只好祈求邻居帮忙。这一切的一切，使我更加思念我的丈夫，常常跪在、坐在炳西的照片前哭泣，回味我们两个共同的人生……

光阴流失着，我衰老了，人也消瘦了，一个富有朝气的始终充满信心的我全然变了。我没有去向，只能在丈夫给我留下的破旧的房子里孤独地转来转去，苦苦地思念着炳西生前的一切。炳西日常的习惯就是爱随手记下一些感悟。当我不知所措的时候，我都会习惯地打开他的小本本，他告诉我：“人生最忌讳的是个人恩怨、贪婪和懒惰及一筹莫展，要不断打开人生道路上的一扇扇窗户。”当我感受到压抑的时候，我也会去翻开炳西的小本本，他写道：“面临的一切事情都包含着你‘认真’和不需要‘认真’

这两个方面，你必须善于找到需要你‘认真’和不需要你‘认真’的这两个方面，这样，你既不会被压垮，也不会玩世不恭。”当我感到工作压力很大，很多公式、理论自己搞不懂，想打退堂鼓的时候，我同样去翻开炳西的小本本，他又大声地告诉我：“什么叫人？人什么苦都能吃，人什么奇迹都能创造。熬过苦去创造，就是有意义的人生。”看到炳西留给我的这些精神财富，心里揪不住地在想：炳西，你还活着，是你一步步地簇拥我，让我在艰难的日子里一步步地前行。也正是你的宽大胸怀和丰富的富有成效的人生哲理，让我一次次在坎坷的人生道路上能够敞开心扉。你走了，这个属于你的心灵感悟的小本本，我永远捧在自己的双手上，藏在自己的心窝窝里。

太原学生们的回忆

太原十八中，炳西在那里工作了不足四年，但他始终割舍不下那些可亲的学生们，我也舍不得让他带着遗憾离开他们，我要将学生们的真诚留给他，留给这个世界，让人间充满着这种无私的师生的大爱。

我的呼吁

“张赤你好，王老师的七七已过才方便跟你们联系。王老师对我的爱实在是难以让我忘怀，每天我都会想起我们俩共同生活的日子，想起他在每件小事上对我的呵护，我流着泪水编写和整理了《思念与往事》的书稿。他走了，我可以大胆地夸他，他确实是个好人。我希望你们班的同学们也能参加到我的写作中来，不需要花费很大的精力，只写自己的感受即可，可以吗？”

张赤立即响应了我的呼吁，把我的意思传达给了同学们。

忆恩师王炳西先生

回头翻看每个人的一生，可以说生命历程都是由一串串奇妙相遇勾勒而成。相遇的过程总是从陌生到熟悉再到陌生，有些人擦肩而过，在你我的生命篇章中只留下了一个标点符号，而有些人总要留下一笔浓浓的色彩，为别人涂抹色彩斑斓的人生。

我其实很想很想写一篇回忆恩师王炳西先生的文章，毫不夸张地说，我就这样构思了一个月、三个月、一年多……可我却总也找不到自己满意的结构、满意的语言、满意的文字……

对我而言，每当怀念恩师王炳西先生之时，与他一起的美好时光就像在古旧的布幕上流转涌动，感动而怀念，脑海里再一次勾勒出恩师的音容笑貌。记忆里他是那么可亲可敬，一头乌黑茂密的头发，炯炯有神的眼睛，一双不知疲惫的大手总在深夜时忙碌于自己的教案和学生的作业堆中……我多想轻轻握住老师的手，握住他那沾满粉笔灰而总是充满温暖的手，它曾经在黑板上留下清秀的字迹，它曾经轻轻拍打在同学的手背上，它曾经抚平我们受伤的心灵，也曾经批改过我们的无数作业。王老师，我多想就这样，这样轻拉着您的手，同您叙叙旧事，聊聊未来……

可能是怀念的太多太久了，终于我还是提笔了。2016 年 6 月 28 日，恩师王炳西先生突发疾病在石家庄去世了。我因身体不适，未能赴石家庄送别恩师，成为我终生的遗憾。

相识相知，一声恩师，受益终生。

我与恩师相识在太原十八中。1970 年，我在太原市国师街小学毕业进入太原十八中，在那里我与恩师相遇、相识。1970 年王老师从对外经济贸易大学毕业来到太原十八中工作。在初中两年半的学习过程中，王老师一直是我所在的初十二班的班主任并带语文课。我作为班长，与老师日常接触颇多，可以说得到恩师的培养和教育比班里的其他同学多了很多。老师的学识、老师的为人、老师的能力、老师爱护学生的那份情怀，均在我幼小的心灵留下了深深的印记，老师的关怀与爱护在我以后的成长中一直伴随着我。

老师比我们这班学生长 10 岁，但带班、授课的时候，可不像个 20 多岁的年轻人，在我们这帮学生眼里，王老师学识渊博，就像个威严的长者。老师是天津人，说话口音比较重，课余嬉戏中，我们这帮调皮捣蛋的学生私底下经常学着王老师的样子鼓捣着说几句像模像样的天津话。有时候，不经意间会让王老师撞上我们学他说天津话，王老师眯着眼睛看着我们捣蛋的样子从不生气，甚至还把我们叫到身边教上几句天津话，这让学生们看见王老师时总是感觉格外亲切。

追忆恩师，思绪万千；情深似海，恩重如山。

我的初中、高中都是在十八中度过的。在我读高中时，王老师调到了石家庄市政府工作。十八中的许多老师中，我班同学与王老师的感情最深，关系最好也最长久。虽然分别了，但我们一直保持书信联系。每当遇到问题、困难之时，我们经常写信请教老师，老师的回信总是充满了厚爱和期望，字里行间满是关爱和激励。他将自己的所学与感悟毫无保留地与我们一起分享，可谓我们一生的良师益友。

记得我们在十八中上学时，在十二班成立之初，王老师就十分注重抓班干部队伍建设和同学们集体观念意识的教育培养。特别是在班干部身上，王老师更是倾注了大量心血，经常放学之后把我们班干部留下开会。如果知道我们在工作中遇到疑惑与困难，王老师百忙之中也不忘把我们叫到他的宿舍交心、谈话。所以，在那个时候，我们初十二班的班级活动等各方面都名列前茅，其中我们班干部的作用发挥得最到位，这也得益于我们有一支好的班干部队伍。各种成绩的取得完全是老师呕心沥血的结果。回头看来，老师对我们这些学生干部的培养和历练，对我们走向社会、处理问题、提升能力均起到了潜移默化的作用。

在培养班级同学们的业余爱好时，王老师总是有意识地带领全班同学做各种活动。在教室里开班会时，他让每一个同学都发言，老师和其他同学共同点评。在教室外组织打篮球、拔河等集体活动，王老师要求同学们都参加，上不了场的同学，就帮着其他同学拿衣服，或者站到场外给其他同学加油助威。各种集体活动，老师总要带头参与，总是老师亲自上场带学生一起玩一会儿，接下来就让我们这些班干部组织其他同学玩，故此班级的集体活动总能搞得有声有色。组织校外活动，王老师不仅每次都找来照相机给学生们拍照，还把感兴趣的同学们叫到他的宿舍学习照片冲洗，所以我们班有几个同学那个时候就学会了照相、洗相。到农村学农劳动，老师本来可以单独住宿，但他愿意和我们同吃同住，白天教我们农田知识，晚上和我们下棋，给我们讲故事，总想让我们学到更多的知识，总是让我们分析问题，找出原因，在一件一件的小事中培养学生的良好习惯。看似无形胜有形，辛勤浇灌育后人。回想当年，我们初十二班同学的集体荣誉感很强，涉及班级事务绝大多数同学都能积极参加。在校期间，我们班级从未发生过破坏班集体和损害班荣誉的情况。

日月如梭，岁月有痕；恩师关爱，伴吾成长。

王老师对班里每一个学生都很关心爱护。有的同学胆子小，他就刻意叫这个同学站起来发言，到讲台上做题、讲题，让学生树立信心，大胆起来。有的学生不爱学习，甚至不来上课，老师特别重视家访调查、个别谈心，安排班干部紧紧盯住这些同学的校外活动，形式多样地组织这些同学广泛参加班级集体活动，既有效防止了一些同学跟社会不良青年来往，又确保了我们班同学没有成为社会上寻衅滋事的不良分子。那个时期，单这一点我们班跟其他班比起来就强了很多。

一个班里面，有的同学学习好一些，有的同学学习差一些；有的同学数理化好些，有的同学语文、外语好些；有的同学体育好些，有的同学文艺好些，这些都实属正常。但在王老师的眼里总觉得不应该，他总能合理安排班干部组织有针对性的互帮互学活动。这样就尽可能地把在某些方面落后的同学拉上来了，既提高了同学们学习的积极性、主动性，又使得同学们之间能团结友爱、互帮互助，可以说创造了一种相互学习、比学赶超的学习风气，致使一些落后的同学始终没有放弃对功课的学习。一些同学和家长后来回忆起来，对王老师的有益尝试如数家珍、充满感激。

一些同学学习出现了波动，王老师为此总要进行家访，了解学生们思想波动原因，总要帮助同学们重振学习的信心。有的学生生病不能来上学，王老师就到家里看望慰问，为学生们补习功课，鼓励全班同学齐头并进。久而久之，王老师的辛劳付出使学生和家长感觉老师像亲人一样，可以无话不谈。在同学们的心中，王老师对同学们的培养和付出，让我们心灵受到了洗礼，从而使学生们更加热爱学校、热爱老师，更加努力学习，追求进步成长。

我高中毕业后参加了工作。国家恢复高考后，我考上了大学，并把这个消息告诉了王老师，老师知道后马上给我回了信，除了鼓励之外，他告诫我在大学里怎样珍惜时间、怎样安排生活、怎样与同学相处、怎样向其他同学学习等。当时老师在信里写了很多，为的是让我这个第一次出远门的学生顺利走过大学阶段。大学毕业分配工作后，老师也多次写信教诲，见了面也总是问我的工作情况，用他的亲身经历给我讲做人的道理、工作中与他人合作的重要性，告诉我一个人要想成为有用之才，就一定要用心去做事，并要坚持不懈。在国企工作过程中，我曾做过技术及管理工作，时到中年，成为教授级高级工程师，我也曾做过其他管理工作，并逐步走上了公司高管的领导岗位。如果说我取得了一点成绩的话，那么这些成绩与王老师对我一生的教诲和引导密不可分。在我的成长之路上，恩师像一座灯塔照亮了我前进的方向，像一个匠人给小鸟插上了梦想的翅膀，像一个园丁辛勤地、不知疲倦地浇灌着小树，让其茁壮成长。

三尺讲台，春风化雨，播撒希望，桃李芬芳。

恩师王炳西先生塑我心灵，携我成长，教我做人，带我奋进。仰望恩师，愿您天堂安好。

您的学生：张小林

四十多年前的一个秋天

记得四十多年前的一个秋天，我们小学毕业典礼后，王老师像兄长一样领着我们四五十个十二三岁的孩子走进了太原十八中，从此，我们成了一个不可分割的整体。王老师把全部精力都花费在了我们身上，他不仅教我们文化知识，还教我们怎样做人。王老师对每个学生的学习、生活、家庭情况都了如指掌，并针对学生特点进行有针对性的指导。记得那时的我任性、脆弱、傲气，王老师担心我今后不适应社会环境，就经常利用上课前几分钟时间当着全班同学的面批评我，有意“杀”我的傲气，同时耐心教导我做正派、善良、对社会有用的人。王老师的教导使我从一个任性、傲气的女生变成了现在宽容、开朗、上进的人，并在工作中取得了较好的成绩，曾获得省、市先进工作者的荣誉。

我知道我所取得的成绩得益于王老师对我的教诲，王老师的言传身教让我终身受益。王老师，我真的感谢您！王老师对每个学生一视同仁，班里有个男生常年住在姥姥家，学习和日常生活都不能得到及时管理，于是王老师不怕麻烦，主动提出让他住在自己宿舍，及时给予监督管理，使这名同学能够愉快健康地成长。王老师不仅注重每个学生的成长，还培养我们的集体荣誉感，无论学校组织什么活动，我们班都在王老师的带领下积极参与，如每年的校运动会，王老师总是早早地筹备，虽然我们班同学比其他班级学生年龄小，但王老师从不服输，他总是认真分析各种困难，按学生的身体情况，科学安排参赛项目。在王老师的精心安排下，我们班每年都会取得较好成绩，特别是在女子4×100米接力赛中年年都能拿到银牌，这在多年以后，我们提起来都感到无比骄傲！王老师，我们怀念您！

您的学生：张赤

珍藏在心底的师生情

在北京的一间房子里，我依然控制不住自己，想念我的丈夫，看到了王祥云发来的思念王老师的文章，我真的很感动。于是我发微信感谢他：

“发来的照片全部收到。王老师走了，但他的身影一刻也没有离开过我的脑海。我思念他，我很想他，恨不得把他拉回来，然而他狠心地扔下我走了。我这只孤雁该飞向何方？我傻了，我迷茫了，我拼命地呐喊：‘炳西，别扔下我！’然而这将永远是个幻想，我只好用写书的方式寄托我的哀思，也渴望他喜欢和关爱的同学们和我一同做这件事情。祥云你写得很好，我流泪了，真的很谢谢你。”

祥云回我微信说：“师母过奖了，王老师给我们留下的印象太深了，难以用语言来完美描述和表达。他的音容笑貌、语重心长的教诲，时时浮现在我的脑海中。多想让时光倒流，我们还坐在教室里聆听老师的教诲。不过我想王老师虽然走了，但他更愿意看到师母您化悲痛为力量，重新振作，平安健康，快乐幸福每一天。同时也愿意看到我们每个同学一切如意、平安幸福！师母多保重，有事多联系，有机会来太原看看，变化很大啊！”

下面是祥云写的回忆录。

一个多月前，敬爱的王炳西老师因病不幸去世。噩耗传来，我掩不住内心的悲痛，伏案痛哭。悲痛之余，我小心翼翼地取出珍藏在箱底几十年前王老师给我的来信。望着微微泛黄的信纸，透过苍劲有力、清秀端正的字，恩师的音容笑貌仿佛又出现在面前，如同四十多年前在课堂上给我们上课时的模样。

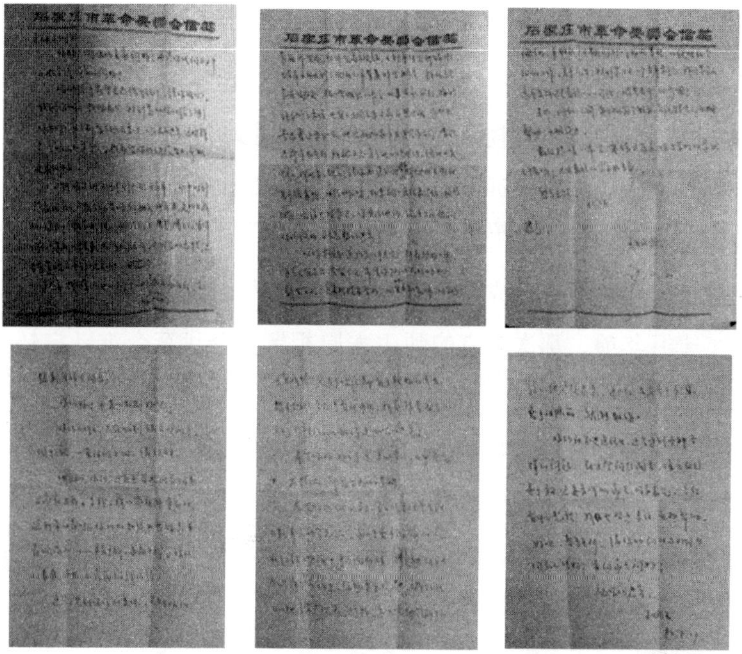

王老师 40 年前的来信

20 世纪 70 年代初，小学毕业即将升入初中的我们一班人，站在国师街小学的操场上，等待新老师到来。一个看上去二十来岁、中等身材、朴实、成熟又稳健的老师来到我们面前。“初十二班的跟我走。”这便是我们的班主任王老师。从此，在两年多的时间里，王老师和我们朝夕相处，不仅给我们传授科学文化知识，更教会我们许多做人的道理。记得每次上他的语文课，全班同学都聚精会神，他的渊博知识使我们受益颇多；记得每次野营打靶，他与我们一路高歌，摸爬滚打；记得每次晚自习，本不需要老师到场，他却一次不落地来到教室，问情况，解难题。正因为有了两年多亲密无间的相处，才有了当恩师调走时在火车站站台上全班同学依依不舍、失声痛哭的情景。

人的一生中，十二三岁是从懵懂到成熟的起点，我们有幸在这个转折时期遇到了王老师，他的谆谆教诲、言谈举止深深地影响着我们，使我们受益终身。记得上学时，我胆子小，遇事不敢往前站，王老师多次教育我胆子要大些，主动点名让我站起来回答问题，并让我担任班干部。王老师的培养和教育锻炼和提高了我的工作能力，使我走上工作岗位后，从一名普通的医生成了科室秘书、科负责人，成为跨世纪学科带头人。

十几年前，那次难忘的师生太原相聚，令我至今难以忘怀。同学们相聚在一起，不管是当厂长、院长，还是当经理、主任的，在王老师面前都是学生，而且永远是他的学生。

我们和老师相聚

王老师的不幸辞世，使我们失去了一位良师益友，失去了一位人生路上的好老师。他那高尚的师德和人品，将激励我们在今后的工作、生活中，认认真真做事，清清白白做人，来报答王老师对我们的哺育之情。

您的学生：王祥云

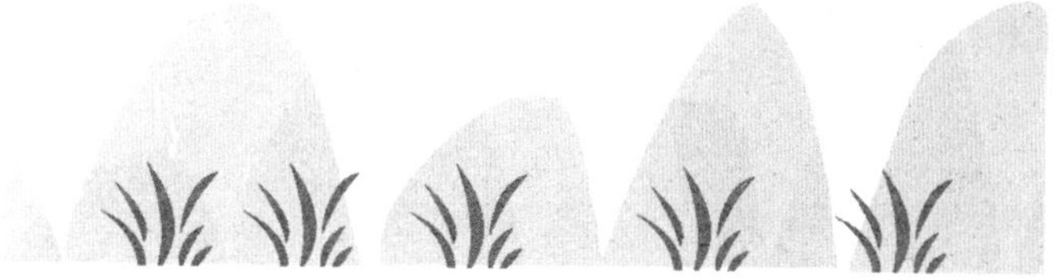

太原十八中初十二班

我小的时候不爱学习，也不懂事。当时认识了比我大三四岁外号“国老头”的70届学生，结识之后，我时常和他们在一起逃学打架，耽误了学习，造成的影响也很坏。当时，由于一些事情，公安局对那两个学长进行了处理，王老师发现问题后，不下100次地找我谈心，找我的那两个学长理论，甚至那两个学长曾想过报复我的王老师。是王老师挽救了年少无知的我，我才得以悬崖勒马。当时我的本质是好的，但父母身为国家干部，平时工作忙，顾不上管我，可王老师不是父母，胜似父母，在我身上花费了大量的心血，下了很大的功夫。他是我一生最敬重的老师，他不仅教我知识，更是教我如何走人生的路。王老师，虽然您走了，但您永远活在我们心中，我们永远怀念您。师母您要保重身体，有事和我联系。

您的学生：丁学强

怀念王炳西老师

今早 7 点 30 分，手机铃声响起，屏幕上显示为“大嫂”打进来的电话，这个“大嫂”是我原初中班主任王炳西老师的老伴。接通后，电话里传来阵阵悲哀伤心的啼哭声。潜意识告诉我：不好，老师可能有事。不曾想，悲哀中的大嫂告知我，老师于昨日突然辞世，明日送别。这个消息如晴天霹雳、五雷轰顶，让我不敢相信。两个月前我去看过他，他身体健硕，并无疾病。想不到仅仅隔了两个多月的时间，他竟突然离世，告别了这个繁华盛世。由此，我在为老师默哀的同时，清醒地意识到：生命是如此脆弱，生命又是如此短暂。昨日还是一个鲜活的、能说、能动、有思想的生命，今日这个生命却定格在那个永恒不变的时间里，永远也不复存在了。

从 1970 年我由国师街小学升入太原十八中初十二班至毕业的两年多中，王炳西老师一直是我们的班主任。当时他大学毕业分配至十八中学带语文课兼我们的班主任，并且是单身，那时我们才十一二岁，他也才二十一二岁，年轻有为，朝气蓬勃，思想活跃，要求进步。我们虽为师生关系，却又如兄弟一般，同时他还在各方面关注我的成长，令我铭感无语，终生难忘。也有了时隔四十多年后的两个月前，我的石家庄专程看望老师之行。

记得今年 4 月 9 日，这一天是周六，我决定去看望多年未见面的王老师。出发的前一天，我特意给王老师的家里打去电话，电话中的王老师一下子就听出了我的声音，而王老师那浑厚、独特、熟悉的声音依然如故，一点没变。当王老师得知我要去看望他时，他坚持不要我去，怕影响我的工作，又要跑这么远的路，怕我太辛苦。但在我的坚持下，最后王老师还是高兴地同意了。记得那一天，石家庄的气温特别高，当我开车一路找寻，来到老师位于市中心的宿舍时，老师已经在院内等候多时了。十几年未见，老师的脸庞还是那么红润，腰板依旧笔直，那口浓重的乡音至今未变，只是走路的速度比当年稍稍迟缓了一些。但当我们久别的师生那两双大手紧紧握在一起的时候，我能感觉到老师那粗壮宽厚的大手依旧十分有力。随着老师从院内走向位于五层的居室，老师的老伴早已等候在家，只见那个四十多年前梳着两条辫子的年轻女子，如今已见头上些许白发了。上楼前我问老师，见到师母后我是称“师母”还是“大嫂”。老师讲，还是称大嫂好。热情的大嫂将我让进屋内，马上往脸盆里接温水，同时将雪白的毛巾递给我让我洗脸擦汗。随后又一边忙着沏茶一边又说：“王老师昨天接到你的电话后，可高兴了。”交谈中，王老师讲了当年同学们的许多故事，并且对于部分同学的家庭情况、配偶、职业、年龄，甚至孩子，乃至孙子、外甥的情况都很了解，对于全班同学一个不漏，全都能叫出名字来。至今王老师都还清楚地记得我父亲的模样：“个子没我高，戴副眼镜，腰板挺直，在省革委工作，家住新民中街 27 号院……”隔了这么多年，王老师还能有这么好的记忆力，真让我钦佩不已，恐怕我这个学生都望尘莫及了。

这次石家庄之行成为我一生中最美好的回忆。只是在整理这次回忆中，我竟然发现今天留下一些遗憾，出发时计划今天见到老师夫妇后，一是合影留作纪念，二是请老师题个词，写几句话。照相机就在包内，笔记本和签字笔早已准备好了。可见到久违的老师，兴奋中竟然全忘记了。不过我和老师夫妇约好，今年春节如果我去北京，就到他们在北京的家中做客，到时再补上这小小的遗憾吧。谁知这一遗憾竟成为我终生无法弥补的缺憾！

今日，老师辞世的噩耗虽然令我十分悲痛，但所幸我是他生前最后一位当面聆听他教诲的学生，我心无憾，并当即决定，今天下午亲赴石家庄，明日最后送别老师，也不枉老师教育之恩和兄弟般的情深意长，也不负先父的谆谆教诲。

父亲生前多次教导我："受人滴水之恩，甘当涌泉相报。"这句名言今日读起来似乎怪怪的，听起来似乎傻傻的，今日之人有多少能"涌泉相报"？可不管社会怎么变化，世态怎么炎凉，人与人之间多么冷漠，我们这一代人，特别是我本人，当不敢忘却先父的谆谆教诲和严厉要求，关心我成长者，当为恩人也。这是我的人生信条，也是我为人处世的原则。

回忆王老师的一生，追忆我们师生间短暂的几年，从相识到相知，以至于最后的相交相处，留给我们全体同学印象最深的是：王老师是一个对教育事业非常敬业，对全体学生亲如一家，甘愿奉献毕生的教育工作者，他身上始终充满那个时代高尚的职业道德和良好的精神风范，以及独特的人格魅力。他用辛勤浇灌的情谊之花芬芳弥漫、飘香久远。他是我们可敬的老师，更是一位可亲的兄长，又是一位知心的益友。他是我们终生学习的榜样和楷模。

王老师，我们因为是您的学生而自豪，更因为您是我们的老师而骄傲。作为您的学生，我们永远怀念您！

谨以此文悼念敬爱的王炳西老师。

您的学生：李智勇

2016 年 6 月 29 日

难忘的第一次

记得那是1980年的初春，我们这些刚参加工作、不谙世事的女生遇到了许多困惑，要是在以前我们遇到问题时一准是请教王老师。但是王老师已调到石家庄工作了。怎么办？我和三个同学商量决定去石家庄请教我们的老师。那是我们第一次去石家庄，火车开得很慢，一路上我们怀着忐忑不安的心情，生怕王老师因工作忙没时间接待我们。经过五个多小时的车程，我们终于到达目的地，王老师和师母热情地接待了我们，使我们的担心荡然无存，于是我们争着把各自在工作和生活中遇到的困惑、问题向王老师倾诉。王老师仍然像在学校一样耐心、真诚地帮我们分析问题，教我们解决办法。王老师教育很有他的一套，真是四两拨千斤，他的指点让我们明白了许多道理，使我们在生活和工作中受益终身。

老师记性非常好，他当时已在领导岗位上工作，但依然记得我上学时的毛病。上学时由于家庭环境较好，我穿衣很讲究，同学们都说我“小资”，王老师担心女孩子过于注重穿戴，会影响学习，因此，经常批评我并有意不让我去文艺班，磨炼我的朴实作风和进取精神。王老师经常提醒我，让我和同学打成一片，当时我没太在意，没想到这次和王老师见面他还记得我从前的毛病，开玩笑地问现在改了吗。由于那天我要乘坐夜里零点的火车去长沙，王老师不辞劳苦亲自送我去车站，一路上王老师千叮咛万嘱咐，让我注意安全，使我觉得王老师像父亲一样亲切，从心里感到温暖。

您的学生：李学鸥

我将终身铭记

敬爱的王老师，每当我想起您时，一股暖流涌上心头。您那慈祥的面容、亲切的教导一幕幕展现在我眼前，虽说时隔几十年了，但已经深深地铭刻在我的心里。

记得还是上初中的时候，王老师对我很好，因为我生性胆小，王老师就有意把我送进宣传队锻炼，多与人接触。除此之外，上课提问时故意叫我，慢慢地我在当众讲话这方面有很大的进步，为今后走向社会打下了良好的基础，让我受益匪浅。这只是一方面，还有很多很多，一言难尽。王老师是我一生中最值得尊敬、最值得爱戴的德才兼备的好老师，今生有这样的好老师是我的荣幸，我将终身铭记。王老师安息吧！

您的学生：邱克平

2016 年 8 月 18 日

怀念恩师

有一种真情，是老师对学生的慈爱；有一种景仰，是学生对老师的敬爱；有一种怀念，是学生对恩师永远的情怀。

2016年6月28日，尊敬的王炳西老师永远地离开了我们，离开了这个世界……惊闻噩耗，我非常悲痛，止不住的泪水模糊了双眼……我和七位同学代表怀着十分悲痛的心情赶赴石家庄参加了老师的葬礼，跪别了开启我们心灵、抚育我们成长的恩师。看着同学们用微信传来的老师泛黄的老照片，老师的音容笑貌浮现在脑海里，老师的谆谆教诲回荡在耳畔。我将收集到的王老师生前和同学们在一起的照片，制作了一个《曾经的岁月》相册，在无尽的缅怀中，我蘸泪写成文章怀念逝去的恩师。

1972年初，我随下放到祁县的父母重新回到了太原，在太原第十八中学教务处办理转学手续时巧遇到了王老师，当时心想这里还有男老师带课？没想到的是到初十一班后上的第一节课是语文课，站在讲台上授课的正是我在教务处见到的王老师。这堂课老师讲授的是文言文《叶公好龙》，由于是刚到新学校，一切对我来说都是那么的陌生，老师在讲台授课，我却心不在焉地偷偷看原校同学给我的信。突然老师说新来的那位同学起立，到讲台前给同学们讲述一下文中的意思。我竟然大方地站在讲台前翻译出了文章的内容，心里暗自庆幸，否则答不出老师的提问那可丢人了。在这样偶然的情景下，同学们一下子认识了我，我也记住了这位严肃认真的老师。

王老师知识渊博，讲课循循善诱，风趣幽默，他的思想开阔，话语蕴含着哲理，又显得那么神奇。他上课总是那么轻松、活泼、生动、有趣，写得一手漂亮的好字，刚中有柔，柔中带刚，字如其人，带给我们的永远是积极向上的满满正能量，给我们的青春留下了永恒的阳光。

王老师因材施教，善启心灵，严管厚爱，育人有方，从不歧视学习较差的学生。无论是温文尔雅的学生，还是调皮捣蛋的学生，每位学生的秉性他都了如指掌，大家有什么困惑都喜欢向他请教，有什么心里话都喜欢和他诉说。老师用赤诚的爱，唤醒了我们的迷惘，培育了我们的自信，温暖着每个同学的心。王老师在讲授知识的同时，更多的是教导学生要先学会堂堂正正地做人，使同学们从幼稚走向成熟，也使同学们心悦诚服。

1974 年 2 月，老师荣调石家庄市与师母团聚，当时我们正在上高中，在山西机器厂学工参加社会实践。得知老师要离开学校，100 余名同学自发涌向火车站，在站台上挥泪送别了依依不舍的老师……遗憾的是由于当时物质匮乏，没有现在的条件，无法用视频或图片定格记录下那个师生依依惜别的场景。

随着同学们参加工作，特别是先后结婚、生儿育女，大家各自忙碌着，虽然电话联系、书信往来变少，但老师对同学们的成长给予的教导、关心、爱护、帮助没有少。一次偶然的机会，我得知老师调到了石家庄市税务局任职，我们竟成为同一系统的“战友”，我又重新架起了师生之间的桥梁，成为同学们与老师取得联系的使者。同学们结伴而行，利用出差时间或专程前去石家庄看望老师，老师和师母也曾来太原与学生团聚。每次老师都要询问学生的工作、生活情况，同学们也围着老师讲述各自的生活、工作中遇到的问题，老师用他的睿智和博学，给我们提出指导性意见和建议，使我们受益匪浅。

师生虽处异地，从事不同的工作，但每每同学相聚，都会不约而同地谈论起老师当年对我们的教诲。老师正直善良、朴实无华、平易近人的品格潜移默化地引导着我们的言行，成为我们成长路上的指路明灯，使我们前进的脚步更加自信勇敢。几个同学相聚时每每会与老师电话问候，老师都能用浑厚磁性的声音说出每位同学的名字，同学们真是激动不已。几十年了，师生团聚的情景难以忘怀，我们每一位学生也都定格在了老师的记忆里……

参加工作后，同学们看望当年的老师

我们和王老师在一起

一直以来，我铭记老师的谆谆教导，堂堂正正做人，踏踏实实做事，可以自豪地告慰老师的是：您教育出来的学生，在各自的工作岗位上个个争先恐后，可谓精英辈出。同学们身上散发的智慧光芒里，依然闪烁着您当年点燃的火花！有人说，师恩如山，因为高山巍巍，使人崇敬，但我要说，师恩似海，因为大海浩瀚，无法估量。在学生的心目中，王老师就是“真的种子”“善的信使”“美的旗帜”，天涯海角有尽处，只有对师恩的感怀无穷期。老师的品行、人格永远珍藏在我的记忆深处。

敬爱的王老师，学生永远怀念您！

下面是老师几十年前写给我的信，我一直珍藏着，我愿意把它放在书里，以示对老师的怀念。

王老师的来信

您的学生：王晏梅

2016 年 8 月 25 日

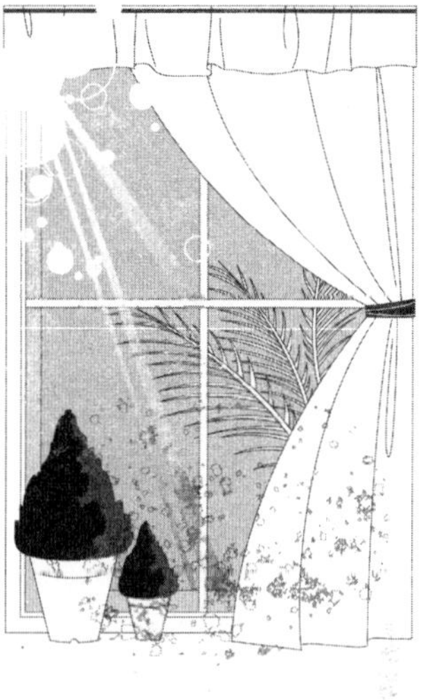

往事篇

往事的回忆

在家乡

常听人说老年时有个远期记忆。果不其然，从退休以来，往事就如视频片段，不断发过来。老伴说："你闲着没事，还不写写自传。"我说："我可写不了自传。"你看那写自传的，不是身居高位的，就是致富发财的，不乏志得意满，甚或动地惊天，咱哪有那个资格、身份！

没什么名位，没多大的财富，那同类的芸芸众生就太多了。说由此就没资格，没身份，同类者可就不认可了。其实，历史上早有许多前人说过，人都应是平等的。平等的底层含义，在反映人作为生命现象的基本需要方面，尤其明显。如同在一个星球，如同在一片地域，吸着同一方圆内的空气，喝着同一方土地间的水，吃的不管是山珍海味或粗茶淡饭，都只不过是穿肠而过。吃不饱饿着不好受，吃多了撑着也要防"富贵病"，最后还有一个平等机会：走向生命终结的同一个方向。更何况我虽时常欣赏成功者的经历和精神，但不少时候也在思索奋斗者的"虽败犹荣"。尤其把世间的贪婪与霸道只视作一种"超生命"现象，即健康生命之外的"非健康"现象。因此，我觉得这些自己经历的底层的东西，记录一下，也是可以的吧！

好比人度过一生是唱一首进行曲，那生命进行曲是船，名利进行曲是货。乐于唱哪支曲，各有所好。

单记自己，也离不开环境，离不开念过的书、听说过的话和经历过的事。但这并非我对这世态炎凉有什么兴趣，更不是耿耿于怀地诅咒或抱怨什么东西。只是因为结合环境才能把个人经历理得清晰。于是想，主要是记点经历的流水账，再视有无精力记点可回味的单镜头。

我于 1947 年四月二十四（农历）生于天津市一个叫“堤头”的地方。那时父亲在一个私营米庄当店员，可能是做财务兼出纳一类的工作。当时他的收入供全家生活没有什么问题。母亲就是管家务，照看儿女，我上面有三个姐姐。中华人民共和国成立前后，天津物价飞涨，企业倒闭，无数人失业。父亲曾尝试木材生意，但以赔本告终，一家人生活无以为继。我老家在北郊区赵庄，中华人民共和国成立初期搞“土改”分田地时，在老家的奶奶、伯父们动员父亲，既然在市里无法生活，那就干脆回农村老家种地。我记得老家找了一辆马车，连人带行李一路走一路听着妈妈凄厉的哭声。过海河一座桥时，看见河里一条汽船，喇叭放着控诉旧社会的歌曲：“旧社会，好比是，黑咕隆咚的苦井万丈深，井底下，压着咱们老百姓，妇女在最底层。”这个歌设计的是哭腔，很容易让痛苦的人产生共鸣。关于怎么到的农村老家，记得就不那么清楚了。

到了稍能记事的年岁，眼前是如此不堪的场景，面北朝向的两间土坯房，低矮歪斜，已经快要倒塌了。墙根随处可见以粉末状的墙土。随着墙土的流失，房体也不断往下沉。窗户只是个方形黑洞，有几根木棍支成框子，没有窗纸，更别说玻璃。门窗洞开，却也无贼，屋内没有什么值得偷的东西。南房屋内不会见光，终年阴暗潮湿。偶尔还见屋顶开了天窗，晚上换个角度还能看见月亮。一到雨天，屋里到处滴答，若是雨大，水流哗哗。阴雨天当然让人担惊受怕，于是妈妈乞求上苍：“老天爷，别下雨，收了麦子都给你。”以给老天爷麦子来许愿。可哪里又有什么麦子、高粱、棒子，还不知收成几何，能不能填饱肚子。这个家一贫如洗，倒是苍蝇、蚊子、跳蚤、虱子和老鼠的天地。我从小就和这些小动物亲密接触，对蚊蝇叮咬的感觉已经麻木，没有什么疼、痒或不舒服的感觉。有一天夜里，我被群鼠闹醒，只觉得周边上下都有老鼠窜来窜去。我吓坏了，身子紧缩在一起，突然想咳嗽，但是又不敢，使劲憋着。心想要是咳出声，老鼠还不吃了我。那是一大群老鼠呀！可时间稍长，终于憋不住了，咳出声来，没想到鼠群吓得“噌”的一声，四散逃遁了。我才知道，闹半天老鼠是怕人的。一家人挤住在这样的屋里，冬天有冬天的罪受，那就是寒冷。除了做饭用火，无暖可取，夜里紧缩在一起。到了白天，水缸里冻的冰还化不成水。北房的二娘看着这一家实在受罪，有时叫妈妈带孩子们到北房晒晒太阳。为此，母亲到晚年还念叨二娘的这个好处。

这样艰难困苦的生活环境，于童年的我还没有什么痛苦与不痛苦的感觉，可能当时还因为寻找乐趣而开心呢。不是房子低矮倾斜吗？我正可以窜上窜下地玩耍；不是冬天水缸冻冰了吗？我吃冰块不更有滋有味吗？据说人在童年时不懂什么是苦的，就像小猴子刚生下来就跟妈妈爬树一样，有时要跳来跳去，有时需要躲来躲去。只要跟着妈妈，就能过得去。可是作为拥有十来口的人家，还得有吃的呀，还得在那二亩地里刨食，这可就让我的爸爸妈妈受了罪。

爸爸妈妈本已在城市生活了十几年，对农事刚刚接触，尤其是没那么强的体力活。爸早年有过肺部疾患，咳过血，正在慢慢恢复，时常咳喘，人很消瘦，根本干不了重体力活。妈妈 1917

年生人，自小缠足，可能是在 1919 年五四运动以后的某年，因解放妇女而放开，但脚已变形，半大不小。到了老家农村，要使全家生存下去，这就是命运与他们较劲。开始他们一起种地，不行就得学着干；干不了，玩命也得干。同时把五六岁到十几岁的几个孩子也带到地里，能干的干，不能干的比画着干。大约是 1956 年发大水，妈妈拉着我就往村南河北岸跑，边跑边哭，呼喊着二姐、三姐的小名。河南岸的两个姐姐也哭喊着应答着妈妈。原来是事前听说要发大水，两个十岁刚出头的姐姐在水涨前去河南地里抢收玉米。结果玉米没收成，水涨上来了，被截在了河南边。妈妈心急如焚，找到一个摆渡船的，把两个女儿接了回来。三姐自那以后得了一场病，自愈后留下慢性气喘，还由于她帮家里干活，常提难以提动的重物，落下胳臂脱臼的毛病。我多次听大人说，那叫“脱骨环儿”，每次“脱骨环儿”，找一个邻居给托上去，下次再干重活，再脱骨环，再托上去，直到她初中毕业，上了天津幼儿师范，才没再听到她犯“脱骨环儿”。那几年，为了糊口，全家男女老少齐上阵，干遍当时能干的各种营生。除种地，还拾柴割草、养猪养鸡、捉鱼摸虾、揽副业活儿搓麻绳。有段时间从供销社领回麻坯，然后全家人在夜晚搓麻绳，我七八岁时也上阵搓。搓成的麻绳再交回供销社，得点微薄的手工钱。而那养猪，拿什么养啊，人还没吃的呢。就靠刷锅水，再尽量多打些野草给猪吃，你糊弄猪，猪不给你长膘儿。时间久了，老猪还是小个头儿，通称为“僵猪”，营养不良，停止生长之谓也。就这样，年年养猪，成活的寥寥。再有养鸡，每年开春买几只小鸡，当成心尖宝贝，甚至把它们放到炕上。有时跟猪一块儿吃食，猪发脾气，一拱一叫，吓得小鸡连飞带跳，还弄了一身脏水，成了落汤鸡。到年底，活下来两三只，等着它春天下蛋。那时候，妈妈经常把鸡捉起来，抱在怀里，摸摸它是否下蛋，预计能下蛋的鸡就被关在屋里，只要看见鸡趴在草上，就放了心。鸡下蛋后“咯咯”一叫，在家的人就会抱着鸡捡起蛋，高兴地叫着，还是热乎的哪！是啊，怎么会不热呢?！鸡蛋存不了几天，妈妈就打发孩子拿着到供销社去换盐、火柴、灯油等其他用品。所以，我在小时候没吃过鸡蛋，长期不知鸡蛋是多么好吃的东西。再回忆捉鱼摸虾，那时每年七八月雨季，河沟、洼地都灌满水，待到九月初开始，水或退去，或留下一个个水洼，家乡人说有水就有鱼。是的，每个大小水洼和沟渠里多少都留下点鱼，主要是小鲤鱼、小鲫鱼、小白条，还有小螃蟹。鱼虾留在水里，我和村里人就去摸，或池塘里水量不大，就把水淘干，再捡鱼。遇到深水有鱼，就游着潜入水底去摸，虽比不上鱼鹰，每次却也都有收获。说到鱼鹰，村里还真有一位燕姓摸鱼能手，外号就叫“鱼鹰”，是我同学的哥哥。我问他怎么摸鱼，他说主要是把水搅浑。“浑水摸鱼”这个成语我懂了，以后走入社会，联想此意，这种手段用之于鱼，是可以的。但用这种手段对人群，虽不少见，但未免龌龊。那时我还摸螃蟹。螃蟹躲在洞里，我就把手伸进洞里去捉，有的螃蟹窝深，就得把整条右臂伸进窝里。捉住螃蟹时，它准会用大螯夹住你，那是要出点血的，但摸螃蟹的人都顾不得这些。更恐怖的是，听大人说，窝里不全是螃蟹，有时会“奖励”你一条蛇，农家孩子谁还顾得了这个。后来摸鱼，我也摸到过一条蛇。那是在水边草丛中，摸着摸着，摸着一条活的，以为是泥鳅或鳝鱼，抓出水面，原来是条蛇，吓得我魂飞魄散，丢掉就跑。后来回忆这条蛇因在水里没有攻击人的姿势，把身体缩成S形，所以不能马上咬人，反而像面条一样软绵绵的，从此我更怕蛇。

1953年前后，对爸爸妈妈打击最重的，是我的两个妹妹的不幸夭折。一个4岁，一个2岁。只是由感冒引起，无钱医治，转为肺炎，在她们病重的时候，记得听大人们说，喝芦根水可以祛病。我就拿了做饭用的铲子，到村西边野地，想挖点芦根。可一个六七岁的孩子，拿把小铲，哪里挖得出芦根！不长时间内两个妹妹相继离开人世。爸爸妈妈受的打击可难以想象。只记得爸爸到村口把两个孩子掩埋，回家后把铁锹放在墙根，低着头无奈地叹息，还有妈妈那撕心裂肺的哭喊声至今仍在我耳边回响。

不记得是20世纪50年代的哪一年，爸爸得了个村供销社售货员的差事。据说这份工作是给大姐夫秦玉臻的，可他说爸爸身体不好，干不了重体力活，让给了爸爸。爸爸干这个算轻车熟路，后来又调到粮库工作，都尽心尽责，颇受好评。这以后家里就靠爸爸微薄的工资过日子，每月大约十几元钱，妈妈承担家务。这个家务管起来可不容易，还要去种地、担水、捡柴、打草，还得到生产队劳动挣工分。每逢住房出现险情时，她还要到处求人找临时住处。这个家在村内搬家竟有六次，今天住东家，明天住西家，好不狼狈。终于，在一次下暴雨时，我们眼睁睁地看着那土坯房轰然倒下。那些年，我看着我的妈妈，凭一双小脚摇摇晃晃去挑水，看着我的妈妈凭那柔弱的肩膀背负沉甸甸的青柴，以至于后来合作社公社化后她为了挣工分和男劳力一样锄地、抬土、打夯。我知道她的艰辛，也知道她收获无几，因为隔三岔五就见她和记工员对“工分”，才知道女劳力每天的工分约为男劳力的一半。我就开始想，我要快点长大，将来当个壮劳力，一天能挣十分，合几毛钱呢。所以我从小时候开始就模仿大人干农活，并时时注意自己有多大体力。我开始割草的时候是6岁，在村西的一片墓地，那时别人一把一把割，我只能一根一根地割，我还记得手上打起的第一个血泡，打了血泡还得接着割，直到把血泡上那块肉皮磨开，咬下吐掉。就这样到十二三岁时，再用镰刀，手上已长了厚厚的茧子，怎么也不会出血泡了。在七八岁时，我跟姐姐去河边担水，多是二姐和我去抬，即一根扁担中间吊着水桶。二姐每次都要把水桶往她那一头拉，几乎揽到她一个人的肩上，以减轻我的负荷。我依稀察觉，这一家人于穷苦中都在把重担往自己肩上扛。后来二姐到离家十五里地的四十七中上学，每周回家一次，都要带上我割草、捡柴，回校要带一周的干粮。听妈妈说，那干粮有时都起了毛，也不舍得扔掉。每次回家，二姐都要说些历史故事或者在外见闻给我听，尤其歌颂包公、岳飞，大骂秦桧、陈世美，我都听得入迷。还讲到她与同学秀英的事。秀英同学因农家孩子的憨厚质朴，给二姐的印象很好，而其父是天津市一位高级领导，已与患难与共的原配离婚，又娶了一位新的夫人。秀英是从农村老家来投靠其父，于是她们成了同学。二姐同情秀英与其母的境遇，对其父亲的事情感到可惜。这是她对这类事情的定性解析，而二姐的这种解析方法都以先入为主进了我的想象世界，延续至今的观念是，人不可对家人嫌弃，不可对朋友背离。

若按年份叙述，令人难忘的还是“三年困难时期”。那三年的头一年，我上初中一年级，原定量 32 斤。因是班干部，班主任找去动员带头自报减定量，我主动说我减 3 斤，当然成了 29 斤。这可是当时的国家政策对学生的照顾。而在村里的妈妈和弟弟、妹妹，定量就按每人每天 4 两（16 两一斤）、半斤。尤其雪上加霜的是，此前妈妈花一年多时间养了一头猪，才长到 60 斤，卖给村南一个市里的道路公司食堂，换回 60 斤玉米，村里认定这是违反政策，要全部扣回，分四个月，每月扣 15 斤。爸爸妈妈不敢争辩，任人扣吧，自家忍受。那这一家人的窘境就可想而知。妈妈能保证孩子们的就是粥。粥只要有玉米面，不管加多少水，都叫粥，而她自己，就靠野菜和从地里捡来的烂菜叶、红萝卜缨子充饥。这是我一生中想起妈妈来最难过的地方。不管怎么说，有爸爸妈妈，我们还是熬过了那个年头。

每逢回忆起那个时候，我特别心疼我那分别为 6 岁、4 岁的弟弟和妹妹，每顿饭，都是望着桌子上的稀粥、玉米棒子骨头面蒸的窝头，还有偶尔有的野芽，自知无法充饥，又是难以下咽，四目相视，只是无奈。至于我回到学校，学校实行劳逸结合，停了体育课，说这样可以节省粮食，省得一跑步更饥饿。

回想“三年困难时期”，考验中华民族美德，中国的老百姓真是太好了，虽然人们见面说饿的越来越多，但很少见发牢骚、说怨言者。社会秩序没有什么大的混乱。我也沐浴在这良好的民风之中。1959 年深秋的一天，我和一个小我 2 岁的韩姓校友，放学后用借来的铁制“三齿”，去拾地里丢掉的胡萝卜，拾到了就装在书包里。这时天已黄昏，往前刨着刨着，铁齿插住个大萝卜。一看，眼前是生产队挖出而未来得及运走的萝卜堆，吓得我赶紧把萝卜取下，扔回堆里，叫着伙伴：“咱们回家吧！”我们就顾不上再拾萝卜，怕自己落个“不干净”。这事分两面说，当时如果把萝卜装满书包，带回自己家里，肯定不至有别的后果。一是天黑无人发现；二是当年没丰收，村里不重视收秋；三是村里人际关系宽松，就是村干部发现，看见两个挨饿的孩子，也会笑呵呵。但爸爸妈妈日常的嘱咐告诉我，不能那样做。此事在以后近 60 年的时光里，每当在我的脑海里再现，我都认定当时的选择没错，恰恰这类选择，伴随我面对未来的岁月。

彼时在农村，单凭身体、卖力气吃饭。谁膀大腰圆就是无冕英雄；谁身强力壮就有了底气。为此，我也时常留意自己有多大力气。我从6岁开始学干农活，到十七八岁时，发现自己已完全可以成为村里的一个壮劳动力了，还不时出现在青年人比试力量的场合。在同龄人中，我的力气是比较大的，挖地、抬土等重体力活，一点不比村里的年轻人差。我还能把割下的青柴捆成捆，有时达一二十捆，扔进河里，再用绳子串成一串，游着泳，把青柴拖到五六十米的对岸。尤其村里年轻人常在一起摔跤，都知道我还有把力气。记得此前，曾有一个比我大3岁的鲁姓男孩，比我高半头，我自觉必不如人，他也自认为“老大”，每次碰面，他趾高气扬，我退避三舍。可后来有一次村里男孩分两拨练“打仗”，就是摔跤，他就盯上我，追赶我。我一直躲闪，我越躲，他越追。我只好应对，只稍一用力，就把他扔到地上。他觉得这只不过是偶然，在地上爬着扑我，我又躲，他还拉拽，可只能被拖着爬。他领教了，爬起来就跑了，以后见我，如避猫鼠一般。而我觉得这不过是小孩玩耍，虽然有点儿力气，但在我的回忆里，没有跟谁打过架。我的臂力也比较大，年轻人比力气，掰手腕是必不可少的。在村里接触到的人中，没有能掰过我的，直到大学时，全班男生22人，排着队跟我掰，还是无对手。在此絮叨这些庸常乃至无聊的小事，实在是我当时一心想为妈妈分担，要做一个农村“壮劳动力”的梦想使然。

但是，以后我的学业状况使我没当成村里的“壮劳动力”，而走了另一条生活道路。1953年，我6岁，妈妈逼我上学，妈妈说：“我受穷，不能再让孩子们受穷。”由于村里小学刚刚建立，收罗了多年没能上学的孩子，一个班学生的年龄参差不齐，最大的邵同学比我大近十岁。在懵懵懂懂上学期间，忽然有一天，全体同学开大会，只记得校长说的一句：“看人家孩子学习多好！”受校长的鼓舞，还有启蒙老师张晓斋的教育，我的成绩总是班上最好的。当时对书本上的内容的记忆，还有每次考试以及平时回答老师的问题都能得到老师的好评。有时学校组织十几位老师到班上听大课，老师准叫我回答问题，或到黑板前去做题。学习处于这种状况，其原因只觉得最重要的一条是，当时的老师在我眼里仿佛是神，是效法的榜样。上课时我总是目不转睛地盯着老师，脑子随着老师讲的内容转。许多老师的举手投足、言谈话语都还历历在目。有两个老师的做法尤其使我深得教益。一位是曾教过私塾的王明铎老师，他一进教室上课，先在黑板左上角写上个“耻”字，然后说：“脸面值千金，人要知羞耻。”以此维持课堂秩序。他虽有些老古董，却影响我至今。遇到什么事，都要想想是可为还是不可为。还有一位李老师，年长、脾气好，一些好动的学生趁机乱说乱闹。于是李老师每逢上课，一进门就笑眯眯地说：“同学们，今天我给大家讲个故事……”他是一堂课讲一个《西游记》里的故事。时间长了，他一进门，学生就兴奋，待他刚说到又要讲故事，同学们接着就齐声说：“唐僧、沙僧、猪八戒、孙悟空，哈哈哈。”他就开始按计划讲他的故事。讲完故事，集中了学生注意力，一堂课就维持下来。他讲了那么多《西游记》里的故事，同学们最感兴趣的是孙悟空能七十二变，一个筋斗云十万八千里，征服无以计数的妖魔鬼怪。孙悟空的本领确实令人称羡，而他拜师学功的那个故事也给了我以遐想的空间。那个故事讲的是，当他还只是个刚从石头缝中蹦出来的孤儿猴子时，想要拜真人为师，被真人说声“滚”而轰走。而在深更半夜，他又跪在了真人面前。也许是真人从此看出他是好苗子，收为徒弟。孙悟空跟真人勤学苦练，成了大有作为的齐天大圣。这个场面，在我心中好像形成了一面镜子，总认为人要跟老师好好学习，要勤学苦练。若遇到好老师，一定要黏住他，撵我走我也不走。意思是，学功要心诚，要真心。记得妈妈讲过遇不同的人要有不同的态度，即“神来敬，鬼来送”，也就是遇好人要敬重，而相反的，对于不“好”的人要以嘻哈送走为妙。此是前者。还是那孙悟空，竟被套上了紧箍咒。平时唐僧要想控制孙悟空，只需念咒语。为此我查了字典，原来那个“箍”，本是约束器物的圈。这个“圈”是为控制孙悟空，由菩萨给孙悟空戴上的。又有孙悟空，又有控制紧箍的菩萨，各有存在的理由。菩萨要维持“天庭”秩序，悟空常做些出格的事，谁都不敢说菩萨的不是，但又都同情孙悟空。记得老师还讲了一位伟人的故事，记不清是说马克思还是说列宁，青年时期的他，读书不选安静的地方，而是在临街嘈杂的房间，既学习，又锻炼抗干扰的能力。在抗干扰中学习，在抗干扰中锻炼成才。班主任张晓斋老师还给我们讲了战国时期苏秦“头悬梁，锥刺股”刻苦学习和越王勾践“卧薪尝胆”完成复国大业的故事，对我影响都很深。上学期间，我对老师说的道理特别信，而且学着用。信就自然记得住，用就可以举一反三。六年级时，在刘安庄小学，分成六一班和六二班，我是六二班班长。记得那是 1958 年下半年的一天晚上，我去学校，教室里掌着灯泡，满满一屋人。六一班的班长穿着一身军绿服，显得非常神气。他们把几个捡废钢铁时私掖口袋里几个子弹壳的学生叫到台前，罚着站，模仿大人对他们进行批斗。该班长说：“他们把子弹壳装在衣袋里，要不是我翻他们衣袋……”我马上想起以前老师说过的话，站起来冲他喊：“你搜身是侵犯人权!”他一看喊这话的是我，就愣住了。不知是顾忌我的气势，还是顾忌我是另一个班的班长，也许两者兼而有之，就没有说什么，“批斗会”不欢而散。说到学习，我还想那时的教材编得好。

小学第一课是《开学》；第二课是《开学了，我们上学》。第二课温习了第一课，又添上几个新字，递进一步。古人说："温故而知新。"确实如此。说教材编得好，还有另一个方面，就是它重视对学生德、智、体、美、劳的全面教育，给学生以健康向上的引导和启迪。如有一课叫《千人糕》，是告诉孩子们，那放桌上的一块糕，是经过从播种到收割，到磨粉等千人千道的努力，使学生知道粮食来之不易。如果孩子能永远牢记，还便于今后理解生产关系。还有一课叫《太阳山》，讲的是一匹神马为帮助穷人脱苦难，驮着他到太阳山去取财宝，告诉他有时间限制，一到时间太阳出来就可能被烧死。这个忠厚的穷人到了那里，望着满山的珠宝，没有沉迷贪婪，只捡了一块，回来置了房子置了地，准备继续干农活儿。他的哥哥知道后，由恶嫂驱使，也求一匹神马，带了个大麻袋，去了太阳山，就玩命往里装珠宝，恨不得把满山的珠宝都带回到他家去。神马催促几次，他听不进去，结果被太阳烧死。这个故事告诉人，爱财也要有个"度"，度数小了固然收获不足，度数大了也会出问题。至于中学期间的语文教材，特别是所选文言文，也都是可称为范文的。如《劝学篇》《原君》《原毁》及《邹忌讽齐王纳谏》等，既是古贤所作，是他们的人生感悟。那《原君》中举了明朝垮台时崇祯皇帝要杀死他女儿公主说的话："若何为生我家？"意思是说你为什么生在我家呢？皇帝说出这样的话，让人感到历史的悲哀，振聋发聩。那《原毁》中讲的"事修而谤兴，德高而毁来"，说法与近代民间所说的"好事不出门，坏事行千里"相互呼应，是说世态炎凉中，有个妒忌的祸根，人免不了要被人毁谤糟蹋一番。更不必说会被误解了。那《邹忌讽齐王纳谏》中，觉悟了的齐王慨叹："妻之美我者，私我也；妾之美我者，畏我也；客之美我者，欲有求于我也。”可历史和现实中，又有多少不爱听美言的人呢？但我在学这段话时，理解上有些绝对化。长期以来，以当面美化人为耻，不屑于讲美言。

其实心里对人蛮好，背后没少说好话、办好事。上面举的书本上的这些例句，都是对世风、世俗的顶尖论述，对我的影响很深。还有读《曹刿论战》，曹分析敌方进攻的特点“定一鼓作气，再而衰，三而竭”，而己方要“一鼓作气”“彼竭我盈”“故克之”。从中获得的学习体会就是，作为自己、作为团体必须常鼓士气。

在那个年代，农村孩子上学是要吃很多苦的。我从高小五年级到高中毕业，8 年时间里都是走读。高小往返 6 华里，是在刘安庄小学；中学往返 10 华里，是在朱唐庄中学。遇到下雨天，没有雨具，或上学校，或放学回家，就扒光衣服，掖进书包里，在雨地里奔跑，到目的地再穿上衣服。冬天西北风怒号，正面走，寒风如小刀划脸，就倒着走，这样凑合了 8 年。人活着既然是生命，就难免生病，上火、发炎、拉痢疾更是常有的事。但没有看病吃药的条件，就看你是否“命大”，能否自愈。记忆最深的是五年级时，一次眼睛肿得老高，疼痛难忍，苦挨了好一段时间。又由于常饮河沟里的水，每年更是都要拉痢疾，便的是脓血，也只能盼着“自愈”。穷苦人家，我个人求学固然吃了些苦，但我的三姐还要做出牺牲。记得我上初中一年级，要交学费，每人 4 元。家里没钱，妈妈好不容易给我凑齐。可三姐上初三，也要交 4 元。妈妈无奈地选择了“保儿子”，让三姐停学了。就像电影《唐山大地震》中母亲选择了保儿子生命而放弃女儿那样的无奈与绝望。我至今记得三姐为交不了学费而依在土墙边哭喊的悲伤场景。后来拉了三姐一把的是她的班主任——广东籍的李沃才老师。李老师给三姐想出了学杂费“缓交”的办法，让她凑合上到初三毕业，又把她送到上学吃饭“不要钱”的天津市幼儿师范学校上学。李老师是我们家的大恩人。可以肯定的是，李老师是没有收三姐的“红包”的。如果用黄金的纯度为参照，我感觉那时的教师队伍，基本上由 4 个“9”的纯度的老师组成。

1965 年高考时，填报志愿，我看往届大都考的是天津师范学院，我也填了那里。既是随大流儿，也是因为当时上师范吃饭不要钱。有顺口溜为证：“师范学院，吃饭学院，吃饭不要钱。”后来有一天，天津市朱唐庄中学教导主任陈笃烈先生把我们几个同学叫到他的办公室，说我们不敢报重点大学是“眼光短浅”“眼光如豆”，鼓励我们报考重点大学，边说边把一大堆大学招生简章摊在桌子上。他拿出一张，是北京对外贸易学院，即如今的对外经济贸易大学，问大家：“你们谁敢报这个学校？”说这话时，陈主任那期望的目光紧盯着我们。我怯生生地说：“那我报吧。”于是陈主任替我把第一志愿改成了“北京对外贸易学院”，用的药水是后来知道的“消字灵”。其实改报这个志愿是出于响应陈主任召唤，我内心还做着替妈妈当“壮劳动力”的梦呢！

1965 年 8 月 19 日是返校日，学校发高考录取通知书。我收到北京对外贸易学院的录取通知书，回到村北，见大姐炳秀正在取柴准备做饭。其实她早就在那里等着弟弟，想尽早知道高考的消息。她小声问我：“考上了吗？”我答：“考上了。”“考哪儿啦？”我答：“北京。”只见她舒心地笑啦。等我到家，她早先到家了。她先去报信儿去了。

往事记录至此，笔墨提到父亲和母亲显得少些。这只是为了叙述方便。我的爸爸无疑是家庭的支柱、大山。他除了用那微薄的工资支撑家庭生活，还总是利用早晚和星期天歇班时干些农活。种地、捡柴，总是尽力而为。记得一个礼拜天，他借了一辆人拉车，带我跟他到离家六七里地的一个废弃的工地，拔下野草，刨开封土，一点一点地从炉灰里捡拾煤渣。原来他每天下班都要到地里转转，留意有什么可供家庭生活所需。爸爸平时表情严肃，不苟言笑，但我们总觉得他内心有他的主意，让子女感觉他是“不怒而威”。小学一年级第一学期，我拿周老师写的评语给家里看，不知写的什么缺点，爸爸看后叫我：“再拿根棍去。”我认真地去找棍子。妈妈笑着说：“还不快跑，他那是要打你。”我吓得哭了，没跑，跑不是我的习惯，可他也没打我。当然他也从未打过哪个子女。不过这次却开了我好好学习的头。爸爸平时似乎也不怎么盯着子女，但每当我出去砍柴、割草、背负过重时，或是摸鱼需要岸上有人接时，他准出现在身边。一次、再次，时间一久，我才知道他原来是在远处，或是站在高处看着我们，他这是用感情的网络进行的早期“远程教育”。爸爸幼时只上过两年私塾。然后 14 岁时去天津市当学徒，当伙计、店员，到后来当售货员。他有看书、看报的习惯，还不断把书、报拿到家里看，看完扔在那里。大人爱的东西，孩子都觉得新奇，他一走，我就看。除了报纸，什么《三国演义》《水浒传》《西游记》《东周列国志》等，都是我从爸爸那里偷看的。当然，等我以后也当了爸爸，才知那是爸爸乐意让儿子看的。爸爸有时拿回一些旧报纸，往往是他看完，我看，我看完，妈妈用来糊窗户。常读到爸爸的书报，也激起了我看文字、看书的兴趣。到上中学时，学校有图书馆，我每礼拜借一本书，到时还回，再借下一本。什么《林海雪原》《烈火金刚》《南征北战》《敌后武工队》，都是那时看的。这里再插点对三国中一位人物的看法，那就是吕布，按说吕布在三国武人中应属武艺第一。书中称“人中吕布，马中赤兔”，好条件都让他占了。可就是“反复无常”，认了最少两个“干爹”，又先后被他背叛杀死，后来在战场，他正在逞威，张翼德拍马上前，喝一声：“无义小儿哪里去！”这话戳着了他的脊梁骨，不等交战他就吓得落荒而去。后来被曹操捉住，曹操问刘备怎么处理，刘备提醒曹操，可别忘了吕布杀死两个干爹的历史。意思是不能放跑他，杀了。于是，人要讲信义，好人不可以背叛，成了我的信条。当然这是罗贯中先生教的。回头再记爸爸，我感觉他的人生态度是严谨的，尤其在品德上可说是洁身自好，他坚持他的原则，也要求子女不可越界。比如，不许我们走过别人门口时往人家院子里看，不要插手邻居间的矛盾。爸爸不爱絮叨，什么事点到为止，一句能说清，不说第二句。爸爸又是个极善良的人。记得我 10 岁那年，爸爸在大张庄粮库上班，回家时买回两个菜瓜，当然是想给儿子吃。可是一进院，听见邻居一个跟我同龄的男孩因病在哭喊，他就毫不犹豫地把瓜给了邻居。生活的经历让我慢慢懂得，原来爸爸全力支撑着一家人的生活，也很努力地协调着与邻里的关系。他是生活重担的负重者，更是我们的人生引路者。回忆爸爸，不是用笔墨能说尽的。他和妈妈是我人生的第一任老师。

求学与初入社会

1965 年 8 月 28 日，我和同班考到北京工业学院（现北京理工大学）的胡文成同学一起，穿着带补丁的衣裤，背着本是爸爸住粮库用的被褥，当然也带着在故乡劳动时身上留下的道道伤痕，坐上 9 毛钱票价的慢车（省 1 元 2 角钱），来到了北京，走向了外面的世界。上述这些有形的东西固然可以随着时光流逝慢慢淡去，可爸爸妈妈 18 年来对我的影响，却永久地嵌入了我的灵魂。他们教我要正正派派、堂堂正正做人，绝不能心存侥幸，背后让人戳脊梁骨。告诉我遇人要真诚相待，绝不能“狗眼看人低”，绝不能“见人下菜碟”，告诫我“打人不打脸，骂人不揭短”，给人留点余地。教我要努力学习，有一技之长，自食其力。教我要吃得了苦，经得住风浪。这些，在我心中已经扎根、发芽。这些做人的道理成了我步入社会的起始点。我此后的世界观、思想意识都是在父母所赐的基础上的“条件反射”与“非条件反射”。妈妈 18 年的抚育教会了我，走上社会该吸收哪些营养、该摒弃什么糟粕。

北京外贸学院是个学习气氛浓又风清气正的地方，一共开设 11 种外国语。入学报到时，学校让每个学生报志愿，我报了阿拉伯语，目的很简单，就是要跟亚非拉的人打交道。可一到学校就开始想家，想我那可亲可怜的妈妈。实在憋不住了，我悄悄走到楼下，抽泣着哭了一场。当时教室里的黑板在侧墙上挂着教学日程表，我始终记着放寒假是 1966 年 1 月 17 日。我一天天地数，一天天地盼，到此前一天，我拿着火车票，一夜没睡着觉。早上 5 点钟就从床上爬起来，赶往永定门火车站。回到家里，我还是担水、拾柴。俗语说："儿不嫌母丑，狗不嫌家贫。"这是老天爷赋予人的本能，一到家心里就舒坦了。假期满后，我又回到学校，继续学那阿拉伯语。我们班 24 名同学，是按国家 7 年外语人才需求规划招的人数，其中有 3 个同学是从上一届 20 人中留级下来的，可见学校对学习要求之严格。教我们的是苏丹专家欧斯曼·哈桑·穆哈迈德先生。他住在外国专家局所在的友谊宾馆，每天学校有专车接送他。我们的教材由他个人编写，采用的是"听说领先"的教学方法，即不动笔写，就跟着欧斯曼先生，在领会他教的话的意思的基础上跟着说，课下再背。他每天教的新课都是少而精，当堂能记住。但越教越多，新老内容互相交叉再灵活运用，互相练习对话，谁说得多而熟练就是衡量标准。我学得倒还可以，半年之内，日常生活用语没什么大的问题。记得第一学期期末，系里组织年级 10 种外语的学生上讲台表演对话，阿拉伯语班选的是我和王淑恩同学。我们的对话是从起床到操场锻炼，到去食堂吃饭的内容。受到欧斯曼先生这种教学方法启迪，以后无论是学习还是办事情，我都坚持"少而精"，循序渐进，一步步地完成每一堂课的学习任务，做好每一件事情。

从 1966 年三四月份开始，北京市各高等学校接上级统一布置，开始由学校组织什么"批判"。所谓"批判"，就是先学习当时报纸文章，然后学着那腔调写批判发言稿，在小组会上念。批判一个老师批判了一两个月，我却读到了被批判的人所写的不少漂亮词句，如"风声、雨声、读书声，声声入耳；家事、国事、天下事，事事关心”。对这样的内容，若说成反对谁，只能是硬扣帽子。我们在“批判”当中，没批出什么，却得到了他对青年读书人的引领和启迪。类似的，表现这些名人志向、文采的还有很多，终身受益。

1966 年 6 月 1 日清晨 6 点，我们照例起床后，跑去操场出操。这时已无人组织，先到操场的人开始往回走，边走边听有人喊，到礼堂去听广播，我也随人群去了礼堂。中央人民广播电台播的是大字报的内容和权威评论。我听清了内容，没明白什么意思。从礼堂往外走时，见有人开始在墙上贴大字报，都是质问学院领导的。什么为什么不让贴大字报，什么为什么不准各班间相互串联等。这情景，这内容，让我感觉真是莫名其妙，事情哪有那么玄乎。我还看到我们院长李秋野神情忧郁、慌慌张张地到处看大字报。他不时用手从鼻子尖往上托那要掉下来的眼镜，看着真是让人同情。我想，他是个老革命，工作兢兢业业，又是个忠厚长者，此前每天在学生上早操时，因为是刚改作息时间，他还关心地问学生：“觉够睡吗？”怎么一夜间就变得这么惶惶然没了底气？

6 月 1 日下午，学院来了一辆奔驰车，走下来的是外贸部部长和副部长。同学们围过来，部长宣布了外贸部党组决定，派出以副部长为队长的工作队，领导外贸学院的“文化大革命”。学校学生散乱了一天没人管，这回有工作队领导了，似乎该稳定了。未曾想只过了十来天，校园里就有人打起了嘴架，从此开始了大辩论。到处可以自由辩论，大凡都是你说东，我偏说西，各执一端。那时候我始终认为，外贸学院是有希望的，绝大多数人是有良心的，而良心本是一种力量和信心。“文化大革命”发展到这个阶段，少数人折腾，绝大多数人无所适从，这就成了“文化大革命”中“逍遥派”的来源。而我，当然也成了“逍遥派”的一员。直到1967年底的一次义务献血200毫升，得了20元营养费，买了块布，找裁缝做了一条蓝色的学生裤，替下了原来打补丁的蓝白线裤，余下的钱就买半导体元件，包括电阻、电容、二极管、三极管和小喇叭，装起了半导体收音机，从一个管装到四个管的，后来回家给了父亲。说到花钱，还有一个情况我终身不忘，即我一到北京外贸学院入学，学校就让每个人填写家庭人口和收入情况，是为了确定学生的助学金。只要是纯农业家庭的，国家就给每人每月15.5元伙食费加3元零用钱。而我由于把刚参加工作一两年，每月收入二三十元的二姐、三姐的情况也主动填入表内，结果就没有任何补助。全靠二姐炳莲每月给我寄钱，这个月寄15元，下月寄20元，没让我在钱上为难过。我知道，这对家庭、二姐是沉重的负担。至今感慈念慈，不敢忘本。

说到在“文化大革命”中我当了两年多的“逍遥派”，却也并非闭目塞听，经常会看到大字报、小字报标语，听到高音喇叭的嘶喊。我在那个时代也学到了不少知识，如同学倡行的“卑贱者最聪明，高贵者最愚蠢”，肯定也是那个时代的思想潮流，从哲理上分析，颇有可取。还有样板戏里17岁的铁梅说她爸爸李玉和留下的传家宝，是品德、智慧和胆量，使我知道了人一生要具有的三要素，就看你是怎么理解，从哪个方面吸取。

1970年8月，在校的最后两届大学生毕业由国家分配。当时的分配原则就是四个面向：面向基层、面向农村、面向工矿、面向边疆。我和学意大利语的刘振丰同学一起被分到太原市第十八中学。

在太原十八中，还听到了一些前所未闻的事。例如，学校一位女校长是抗战时期入党的老党员。她到干校劳动并接受审查，没查出什么问题，回校后就参加了校领导班子。我听说她是一位老干部，又看她稳稳当当，内心敬重。在“文化大革命”时期，粮本上定量供应的粮食一般都不够吃，就都争着要买定量之外的“议价粮”，即高价粮。高价粮数量也有限，卖完为止，于是就引起争抢，这也是我在北京的校园里未听说过的景观。听了令人啼笑皆非，但似乎又看到了人的本性在世面上的表演。人的本性处于隐性时，平时不显，但一有风吹草动必然显现，而在社会动荡时，尤其明显。

在太原十八中，学校让我任初中十二班的班主任。是我把他们从十八中对门的国师街小学整队带进十八中。看着这些可爱的学生，一心想把他们培养好。我对课堂纪律、同学们的学习要求严格，在需要时，给他们开班会，主要讲人要成材的道理，每天开班会时我也给他们在黑板上写字——“艰苦奋斗”，学生们非常认真地听。在当时社会秩序混乱的背景下，还要预防个别学生走上邪道。结果这个班总算形成了良好的班风，学习气氛比较浓，大家都有维护班集体、为集体争光的上进心，干什么都是齐刷刷的，在运动会上也得了好几个冠军。尤其是女子 4×100 米接力，讲拼劲，讲配合，每次准是第一。另有一个丁姓同学，跟社会上不良青年有联系，经常有人带匕首到学校找他。有一次在校外街道上，我正见一个大个儿青年给他烟吸，我把他喊住，他把烟扔掉。我又约那个大个儿青年到我宿舍面谈，而那青年也如约而至，到我宿舍先从他屁股后掏出匕首，我先稳住他，说：“你自己想干什么我不管，但丁姓学生是我的学生，你不要到学校找他，至于在街道上，你们都是一个大院的邻居，也不能让丁姓学生父母说出话来，这对你有好处。”后来这个青年一来学校，我就把他叫到宿舍，时间久了，他自感无聊，也就不再来了。至于这个丁姓学生，我是连打带拉，鼓励他参加班集体活动，又无数次家访，终于帮他度过那段危险期。2013 年他已五十六岁，一次专门从太原来看我，说："要不是遇到你，我那时就'进去'了。"他现在有一个很幸福的家。我深有体会，老师看学生，洞若观火，首先要有必须管的责任心，其次要下苦功、方法得当，必能或多或少收到效果。班上其他同学，有的经上山下乡之后，又考上大学、中专，不少人都有专业工作。可以说，带这个班，直到陪他们上高中，这一阶段是我一生中颇感安慰的一个阶段。天真的孩子们，也许当时他们对自己长身体、长知识的年龄段的需求还不尽知，他们追求的只是兴趣，但我尽最大努力引导他们。也许正是由于这段经历，以后我遇到年轻人，就总是习惯性地看他有没有出息，并希望他们长成有理想、有抱负、有担当的人。

工作和生活

在太原工作期间，我与老伴刘正华确定关系并完婚。由于她在石家庄工作，在她怀孕后，我开始往石家庄调动工作，在同校梁元老师的帮助下，得以调成，到石家庄市外贸局工作。在市电子局赵文富局长的照顾下，我们分得了两户一个单元内的房间，5.6 平方米，还有 3 条板凳、1 个长床板，外加几块条木和砖头若干，搭成床。不管怎么说，在这里我毕竟有了个家，还是自得其乐，非常满足。外贸局班底不错，但因石家庄的外贸业务归地区外贸局掌管，业务接不过来，我到该局两个月后，市革委会财贸民政办公室领导宣布解散市外贸局。我和老伴商量往河北省外贸局调，虽是外贸学院毕业生，而且听说外贸部领导对各省、市外贸局讲过要他们尽量帮助散落各地的这些学生实现专业对口，但具体哪个人要真调成，可不那么容易。该人事处处长态度模棱两可，不给明话，连他手下的干事都对他不满意。他表面上对我关心，私下里为我出主意，但一拖再拖，市里这边又催着早定向，我只好服从市财办分配，到了桥西人民百货商场南边的市财贸学习班（后更名市财贸干校，兼挂财贸中专，计划面向在职人员招生）当理论教员。这个财贸学习班是个常设机构，由市财办主管，负责全市财贸民政系统的理论教学、干部培训。党支部书记兼主任做人有原则，工作负责任，敢抓敢管，但有时说话太直，有些人不易接受。副主任为人和善，工作努力，也是知无不言、言无不尽的正派君子，但也因其爱表达自己的主张，常被一些人视为不识时务。但他 2 人都是我敬重的长者。教员连我共 4 人，3 人都比我年长，我也敬重他们。其他就是行政后勤人员，都各有资历，都是正派、实在、经过人生历练之人，而我正愿在这样的人群中工作。这里成了我走出校门、走上社会的又一个起点，我很喜欢这个环境。虽然这个岗位让我看不到发展前途，但每当有工作任务时，我都不敢也不愿含糊。每期办培训班，都是班里领导给上级市财办打报告，由市财办批准，或是由市财办直接下达培训任务，办一期培训班，讲课的任务就分给每个教员。教员根据领到的任务找资料、找报纸，到省、市委党校、干校请教，然后埋头准备讲稿，开学后就在礼堂讲授。我大概完成任务比较好吧，记得到年底，学校领导还去我家给我发了“先进工作者”奖状。现在回想起来，在这个不愿干一辈子的地方，我还是颇有收获的。读了不少理论著作和报刊文章，学习了如何组织办学，尝试了登台讲课，理论上、文化上也有收获，包括历史、哲学、经济学知识的积累，以及国家、社会等的一些时事知识。写这些著作的人，他们虽受所处时代、科学技术和生产力发展阶段的局限，特别是当时社会体制、结构的局限，但只要学习正面，还是有益甚至能给自己的理论、思想文化打基础的，如辩证唯物史观，认定历史是要发展进步的；再如“社会基本矛盾的理论”，《矛盾论》《实践论》等我都是在这里接触到而且一直信服的。像毛泽东同志讲的民主集中制的问题，他讲：民主是对集中而言，自由是对纪律而言。在社会中，不可以没有民主，也不可以没有集中；不可以没有自由，也不可以没有纪律。要造就既有民主又有集中，既有自由又有纪律，既有统一意志又有个人心情舒畅的生动活泼的局面。他讲的这个办法是非常好的，这是我到目前接触到的最好的用于社会团体的组织原则，也成了我以后行事的一个遵循，我有时还用它衡量所遇到的有关的事。但这是个大而深的课题，也是个极易被侵蚀的问题。显然，伟人毛泽东在这里做了个又高又好的题，但是芸芸众生，可以争得高分，不会得到满分，这是一个要把握好“度”的问题。只要有一条臭鱼，就会毁了整锅汤。在这里，我还经历了评法批儒运动。我对“法家”“儒家”并未专门系统地接触，可以说是不甚了了，道听途说些皮毛而已。但我粗略地想，社会能吸取“法家”和“儒家”一些进步的思想和观点蛮好，两家同是人类文明的思想发展。

在财贸学习班仅一年，我被吸收加入党组织。和我一起申请入党的还有一个人，他毕业于南开大学，比我年长。这个人很朴实，但就是说话时显得有点目光短浅。他爱表白，爱提自己是“烈士”出身，说自己的名字就是为纪念烈士父亲而改的。表白这些就是为说明在发展党员时要他优先。每当和来自各商业公司、商店的学员聊天，都想走点“后门”，捉摸买点不要票的饼干渣之类的商品，显点俗气。当学校领导找我谈话，告诉我，根据多数人员推荐，决定要发展我时，我竟诚意也善意地说，先发展他吧。领导说，你越这样说，越要先发展你。为此我一直对这个没得到发展的同事深感歉疚。以后我们多年保持联系，直到他调到省里。

在市财贸学习班工作一年，领导通知我被借调到市革委会财贸民政办公室工作。1975 年 5 月 25 日我到那里上班，财办是市革委的一个办公室，主管全市财贸、民政系统的工作，包括一商局、二商局、供销社、粮食局、外贸局、财政局、税务局、工商局，人民银行、工商银行、建设银行、农行、物资局、保险公司以及民政局等。财办对这些局、行的业务起宏观指导、管理作用。在干部管理方面，其职能是代市委管理局级和公司级领导班子及其干部。对局级班子管理的程序是：提出干部任免意见，填表报市委组织部，市委常委会在此基础上研究批准。对公司级领导干部和各局科长，则是直接任命。另外，干部从财贸单位外调入或从财贸单位调出，也要经财办批准并办手续。这些工作需要通过政治处。而我就被借调到政治处，开始是搞学习宣传工作。时过半年，即1976年1月，领导找我谈话，宣布把我正式调到财办政治处，让我做干部人事工作，并特别教导我，做组织干部工作，要甘愿把别人举过自己的头，以此为起点，我选择了“甘为人梯”的定位。以此定位，也与我当时的内心世界正相呼应。总的来说，以后多年，我没想借这个工作谋取私利，只是在做工作时尽心尽责，不敢马虎。根据我的岗位特点，我工作的着眼点，一是在面上，要有利于财贸系统干部职工的安定工作以及稳定生活，这是受历史书上说的“有利于人民繁衍生息”的影响。我认为，尺有所短，寸有所长，人虽各有其短长，但各得其所就能安定。为了安定，还尽力维护人们的平等相处的局面，以免少数人借助权力为所欲为，压制别人，甚至动不动就剥夺别人平等工作的权利。实践证明，或多或少总有一些单位的个别人，特别是居于一把手位置的，作风主观甚至霸道，个人说了算，而对个人的要求并不严格，人为造成一种身份的不对等。有的班子成员因不搞盲目顺从，说过不同意见，就被说成“牛劲儿”大，不适合留在班子内，甚至49岁就被冠以“年龄大”，让人家提前退。遇有这种情况，我总是想把霸道的往下按一按；遇到受压抑或受委屈的，我总是想法帮他们保留住基本工作的岗位和机会。做这个工作不那么容易，但在原则问题上既要坚定不移，又要讲究方法。这类工作，在20世纪七八十年代还好做一些，后来越来越有难度。有的“一把手”成了“一霸手”，不仅是丢掉了科学的组织原则，而且对人际关系、思想意识、社会风气都产生不良影响。上有所好，下必甚焉，主要是影响手下人争相取悦于他，造成人身依附关系，压抑人们的积极性。这种现象虽说不健康，令人不舒服，但其实和其他的“不健康”“不舒服”一样，是个社会常态，不可能一下都消弭干净。许多伟人在教育人时，创造了至高无上的思想道德境界，这个境界确实有教育、引领人的作用，不可不为之努力，但人类应该也只能不断往那个美好境界接近，却很难说人人都能达到那样的境界。就是说，人要有所坚守，不可丢掉美好的目标，又不要对存在的奇怪现象大惊小怪，更不必自怨自艾，自己该干什么就干什么去。

说到“一把手”一旦失去监督而蜕变影响一大片，有一事在我脑子里留下了深深的印迹。2002年我当调研员前后，有一位隐忍数年的副局长跟我说了他们那个“一把手”的情况，说得挺深。总体说，按他所听到人们的议论，这位“一把手”把大量公共资源给了个别人，绝对是个不正当的事情。有道是：“什么人操什么心。”恐怕他自己也担心有朝一日“翻船”，于是动起心机，提前谋划“预案”。他用得机巧，必然是延续他自小养成的思维和行为习惯。自以为每每得手而屡试不爽。主要手段是：

一是“上窜”非常“勤奋”，特别热衷于有领导人在的场面。上级通知他去开大会，若只是听领导讲话，不去，随便点一个人去替，若是能贴近领导搞座谈，能显示出他个人，别人的会他也硬去，以显示自己说得动听、与领导关系多铁、为人多豪爽义气。至于公共场合，能不去就推辞，还对领导说有意“拜访”，只是工作排满日程。

二是“下跳”搞江湖义气。跟底下一般工作人员，包括司机称兄道弟，喜欢一些小恩小惠，言必讲义气，令小青年们受宠不疑。若他对哪个不满，可以向小兄弟授意，群起攻之。难怪他原单位的一个老同志说，谁要是得罪他，得被他弄死。他喜欢前呼后拥，当面巴结奉承，颇似啸聚山林的头领。而他操纵的年轻人，拉拢得越近，越没有头脑，失去了人格独立性。但多年以后，也有个别青年悟明了道理，说他这样“是想把我变成他的附庸”。

三是“挑拣”，在班子成员间制造矛盾，分而治之。他曾说：官怕聚，兵怕散。副职们若团结融洽，容易形成监督的机制。在他的视野里，别人不能友爱团结，谁与人关系好，必遭他遣散。他采取的方法是用一个幼稚乃至缺魂的年轻副职当“搅屎棍”，先给他戴高帽，说他年轻有为，以后接班，并以弟兄相称，每有场合，把他拉上座。年轻人当然受宠若惊，替他上阵。

这个“一把手”对人们分而治之，还让主管副职批评下边的年轻人，主管副职按他要求批评完后，他却去和年轻人套近乎、拉关系，从而造成年轻人和主管副职的对立，而他却成了“好人”。

经过他的苦心经营，在这个有 30 余人的单位里，有些信奉“有奶便是娘”的人成了他的“小兄弟”，跟他跑，跟他转，随着他的指挥棒攻击别人。其他多数人则无所适从，只有自保。

四是制造“双重标准”，指鹿为马，肆意打乱办事程序。除了前面提到的，别人的好事他去，他不愿意的事让别人顶替之外，他还在为他需要的时候有意打乱办事程序，打乱层级，绕开主管副职，直接对下布置指挥。这种情况多为自己拉拢关系，向一般人员打听点主管副职的消息，当然他最感兴趣的是看主管副职说过他什么没有。

这位副局长跟我反映这些，我看他倒不是为自己诉苦叫屈，而是担心民主集中制被践踏，担心单位的风气，特别担心在这种风气下，一些年轻人被愚弄，长了不该长的“知识”、沾染了不该有的坏习气，没了方向坐标。这位副职讲述这些，也不是跟这个“一把手”有什么恩怨。他说这位“一把手”有挺聪明的脑瓜，积累了一定理论文化知识和实践工作能力，若发挥这些长处，走正道，对他自己、对大家都有好处。我听了觉得他讲的是“大爱”“大义”。话又说回这位“一把手”，他为什么会有这样的思想？为什么会这样行事呢？这位副局长说，这位“一把手”二十多岁时在基层一个店里当职工。当时店里一位女副主任在几十年后对这位副局长说：“那小子年轻时就爱拉几个人喝酒、拉拉扯扯，搞成了一股小哥们儿势力，使领导不敢小觑。”这位副局长还说，该“一把手”在另一个单位参加领导班子时，也有拉拢年轻人加以利用的情况。谁是他的小兄弟，人所共知。久而久之形成树山头、拉帮派、搞江湖义气的价值取向，只要能拢住几个人就行。有一次该单位大范围调整下属各部门负责人，有点“一刀切”，欠点人性化，对一些工作多年的干部有伤害，造成部分干部不满意。按道理人们都知道他不但是参与者且应该是“始作俑者”，可奇怪的是，这些不满意的人都骂班子内的一位领导，唯独不骂他。这就奇怪了，他明明参与了对这些干部的调整，甚至是“始作俑者”，却为什么那么超然。而这位被骂的领导可能也有所察觉，看穿了他的不正派。但人老了，年已七十开外，就对这位副局长说：“你跟他共事，处境可想而知，但你一定要坚持原则，该顶的顶他。”这是鼓励他在现有体制内尽量做些激浊扬清的工作。这位副局长所要说的意思是，该“一把手”的意识、作风是从年轻时开始一步一步形成的。还说他有时看点小说、资料之类的东西，大抵吸收的是其中的权谋、法术，如“宁做鸡头，不做凤尾”“无毒不丈夫”之类。一个头脑挺聪明的人，吸取人间糟粕，练了点雕虫小技，亦学亦趋，形成了内心对外界的“支配欲”。在他眼里，别人都是他餐桌上的一道菜。其实，类似情形在其他单位也有出现。根本原因是民主集中制没得到践行。按民主集中制的组织原则，在一个领导班子内部，没有大小之分，只是分工负责制，实行“一人一票制，少数服从多数”。尤其是一个领导班子内的监督，核心问题是对“一把手”的监督，但不少单位已做不到这样。当时我曾在一地方电视台的节目中听到，某局一个老头子模样的副局长，称比他年轻十几岁的“一把手”为“大局长”，这可真是闻所未闻。再说回前述的那个“一把手”，这几年，由于思想意识、做派的逐步定型，其行为做派也有了外形。曾在街里被他一个老部下的妻子说：“看他像是黑老大。”前人有语：“回头是岸。”他若是能早点醒悟，知道改弦，使自己发挥优势，剔除劣根，就不会坑人害己、污染单位和社会。到他临终前，有人说他是“心思过重”，有人说他是“用脑刻意”，但总的说，他是进了前人说的“怪圈”，“机关算尽太聪明，反误了卿卿性命”。由此我联想到苏联名著《钢铁是怎样炼成的》，这个小说的名称就太棒了。作者认为好人是一步步炼出来的，这应是颠扑不破的道理，跟中国的“百年树人”立意相近。借用这个命题法，也可有一个对应的命题“污泥是怎样累积起来的”，但何为钢铁，何为泥污，论物容易，析人则不易，既需要社会氛围，也需要个人拿捏。其实可以借自然界的生物成长过程喻人生的成长。植物有根；人赤条条看似无根，其实人也是有根的。这个根就在心里，心越想越远，根就越扎越深，吸收的

“营养”也就很丰富，若有害物质越吸越多，良莠不分，甚至个别的“如蝇逐臭”，又不能“排毒”，人就特殊了。曾有说法：“取日月之精华、天地之灵气。”我对此知之寥寥，但借此说法，可以说，人在成长过程中要取社会之精华、人生之灵气，这全凭自己心思要正。心思正，可以吸收好东西，且可以“排毒”。20世纪70年代末80年代初曾见报章批“异化论”，对于报章如何批的，我印象不深，没弄明白，但借助这个词儿，可以做些联想：既然是说人和事物“异化”，那当指往相反、不同的方面变“化”者，就完全变成自己的反面了。如此，人都要吃，爱吃好吃的东西，这是人的起始点，或叫本来面貌，但吃着吃着，越吃越爱吃，还有机会饕餮到天下美餐，就慢慢把自己吃向反面。再比如，人都需要钱财，甚至希望自己能多积蓄些财富，只要“取之有道”，也是再自然不过。但积着积着，眼睛转而盯向银行、公共的矿山、农村的土地、别人的钱财，盯着盯着，一旦把手伸向那里，也走向了自己的反面。这样也使自己“异化”到不再是自己。“异化”是人类社会一种病态的反应，众多的人既是那样生活着，又是交织缠斗着。唠叨这么多，实是感到“百年树人”的不易。

在爱护干部、维护干部队伍稳定上，我也尽力做些能做的工作。1980年，从上边下放来一位厅级干部到市商业局任副局长，已经降了两格。原因是有人告他组织人员闹事，并动手打人，对此上边没有认真调查核实，也没有正式的组织结论。这本是个模棱两可的处理，更确切地说是没根没据、没道理的处理。这个干部被下放后，原来告他的人仍不罢休，接着告他是“异地做官”，还应该一免到底。上告几级的信都被转到我当时所在的市委财贸部，部领导知道这是块烫手的山芋。按原则他是来自上头的人，本应由上头处理，但上头交办，不便推回去，就叫我去调查。我凭良心、凭对当时政策的理解去办理此事。当时政策是既要有举报人又要有证明人才能认定。结果我花了十几天时间走访了该厅可能找到的所有人，但均不予以证明，而写信举报的当事人也含糊其词，最后我写的调查报告说他打人和指挥打人的问题“不能认定”。该干部后来调省某厅任厅长，我也没听说原举报人再有意见，我也从未向这位厅长“表功”。后来多次见到他，他主动说感谢话，我都说那是领导的决定。而几乎就在同一场合，都有无关者把“功”揽到自己头上，其姿态大模大样，充当好人。但我逐渐知道，这种现象也属社会常态，这种揽功者也会占点便宜。另有市供销社某公司，一副经理，生性朴实，有几分耿直，但也有短处，主要是爱坚持己见。公司“一把手”看不上，要让他退二线。这位副经理找到我时，眼睛红肿，说是 3 天没睡好觉，他快要崩溃了。我估量，对这种情况，我个人无力挽回，就想出“曲线救国”的主意。我对他说，你的同学不是在某部当部长嘛！向他求助吧，但不必告状，不要把对方说得多么糟糕。时间不长，他被留任了。我就这样，用变通的办法，保护了部分干部，坚守了原则。因为我与班子成员相处的总的原则是与人为善，和衷共济，求同存异，各展所长，各得其所。班子成员都要约束好自己，不越红线。不要互相动心眼，更不要动不动就端人家“饭碗”。若开此风，今天你狠心端别人“饭碗”，说不定明天又有你的接班人端你的“饭碗”。照此恶性循环，就形成职场的“端饭碗文化”。我的这个思路一直延续多年。1997 年 8 月，市委派我带考察组考察某县领导班子。经半月考察，谈话五十几人，进行了民主测评投票，了解到该县县委书记是个社会活动能力大，并在组织、指派人上得心应手的人物，下边从县班子到中层都有一帮人围在他左右。而县长是性格内向、爱钻在屋里看书、捉摸写论文发表并在南开大学兼职讲课的人，人也本分，按儒家传统观念是个“老实人”。有农家老太太对人说，一看就知道我们县长是个老实人。当然他在工作上有主意，也能坚持己见。县委书记看不上他，一些追随者也随声附和，形成对县长不利的局面，到考察时已明显看到两人的对立。书记不喜欢县长，县长担心自己受排挤，很是委屈，还找我诉说了一番。我除了鼓励他要继续做个老实人外，又以比他年长几岁的私人身份说他不注意人际关系是个缺点。虽说儒家认为“小人党而不群，君子群而不党”，但不善于建立人际关系、不善于交朋友，也算不得高尚。最后在向上汇报时，我给了他们两人以客观、平等的评价，特别加重对这位性格内向的县长“品质好、口碑好”的评价，并被上级肯定。市委书记说，你们算是把这个县的领导班子说清楚了。在考察该县领导班子四十几位成员的过程中，我也看到，有相当一部分人专注于自己的升降、去留，而且有的人到处找关系。我逐渐明白，这也是社会常态，组织上既要考虑到对干部高标准、严要求，也要考虑维护好干部的切身利益。后来这个县委书记因经济问题犯了案，住进班房十来年。

通过多年无数次考察领导班子和干部，我感觉每个人都有他的优点和长处，同样也都有各自的缺点和不足。前者对他一生的发展、进步都是有利的，后者对他的一生都有消极影响，这就要“扬长避短”，可这“长处”和“短处”往往是别人看得更清楚，本人却又往往“当事者迷”。有的人一辈子都搞不清，自己没被提拔的原因全在自己，却在犯着“怨天尤人”的大忌，埋怨组织，埋怨别人。这也有个机制，伟人叫它“批评与自我批评”，还做了许多细化的解释，如“从团结的愿望出发，经过批评和自我批评，在新的基础上达到新的团结”。又如“开展批评是为了‘惩前毖后，治病救人’”。初接触这些名言时，我理解，善意的批评就是给人提醒，让其改正缺点、弱点和错误，不让他今后吃亏。记得 1970 年 8 月，大学毕业前夕，班里同学开会，给每个同学做毕业鉴定，一陈姓同学说我：“对你的人品我不怀疑，可说话直露，性格太急，今后走出校门，走上社会可要注意。”在这方面，虽然我走出校门后几十年都做得不好，但我始终对这位同学深深感激。我理解，往往是对自己有意见的人才是有帮助的人，而那尽对你说好话的人又往往给不了你多少真东西。而伟人还说过，被批评的人对批评者采取“言者无罪，闻者足戒”的态度，甚至应该努力做到“闻过则喜”。实践证明，许多人进步快、成效大，途径之一是善于倾听。

受财办政治处领导和老同志的影响，我平时把和离退休的老同志以及因病住院（或在家）的干部的联系，作为业余联系的首选，逢年过节都要去看望。对他们的困难、要求，也尽力帮助解决。如市土产公司的王顾问，是抗日老干部，我们从他 60 岁开始联系到他 96 岁没有间断。有一次他儿子受他嘱托前去看我，说：“王大哥，要不是你，我爸爸活不到这么大年纪。”当然他可能言重了，但尊老敬老确实是我该做的。可惜眼下不少年轻人，丢掉了这一中华民族的好传统，把前辈视为包袱，该拜访不去拜访，连打个电话也嫌累赘。市财贸干校有一位离休的王姓老同志，得了癌症，已到晚期，住和平医院。他的独子从市丝绸厂下岗，工作、生活没了着落，想到财贸干校上班。听人说，要想调成就要找我。其母带他及儿媳到机关找我，进门就扑通跪下，我赶紧上前扶起，听她讲述困难情况。我生性见不得别人难过，下决心帮她。可财贸干校没有编制的话调不进去。我就打电话叫干校牛校长来。我说咱两个去找百货公司徐经理，就是磕头作揖，也帮她把这个事办下来。后来这个下岗青年被安排到市百货公司的商场，他那病重的老父亲在辞世前为儿子的工作终于放了心。以后我每次见到百货公司的徐经理，都觉得仿佛欠了人家账，连忙道谢。我曾在背后对组干处长赵群生说过，咱们要为财贸单位5万多干部职工“鞠躬尽瘁”，以表达心迹。

我做干部人事工作的着眼点之二是悉心发现和举荐人才，对M、D、S、W等数十人，都进行了推荐，有的“举过自己头顶”。他们中的大多数，一直是不错的，举荐的标准当然是“德才兼备”。例如，魏某同志。在1976年的一次深入基层调研过程中，我发现其人头脑聪明，精力充沛，相当活跃，且有一定工作能力。后来，财办政治处需要一宣传教育干事，我便推荐他调到机关，再后来他到粮食局任副局长。该局班子成员多，他的长处得不到充分发挥，在我所在的工委班子缺员的情况下，我又向组织推荐把他选调到工委机关。我一直不对他透露是我推荐，他个人也未必完全不知。但他到机关还有更大的天地，我俩一直只保持一般的私人关系，对此我也觉得坦然。后来他在机关发挥特长，贡献不小。只要在公事上有益，我个人就很满意。某局一位华东财经学院毕业生，有专业知识，人生态度严谨，但性格内向，个人名利不往前争抢，被一些性格活泼、有活动能力的年轻后生甩在后边，已没了被提拔的迹象。在另一个相关业务局组织领导班子时，我把他推荐过去任副局长，上报市委获批准。后来这位副局长发挥得很好，尤其口碑很好。我举荐人更注重德的分量，特别偏爱“老实人”。进入市财办以及市委财贸部、市委财贸工作委员会的人，也多是我在日常悉心物色并推荐的。我所分管的组干处，多数人老实本分、勤恳敬业。我选这样的人，显然是按传统的标准也是用人的传统方法。这些人一般与我同龄或小几岁至十几岁。由于经我推荐，我对他们格外关注。我一直希望他们能扬长避短，逐步成才，有所作为。我最担心的是他们随波逐流，失去志向，更怕他们变成伟人比喻的“墙上芦苇，头重脚轻根底浅，山间竹笋，嘴尖皮厚腹中空”那样的人。我告诫这些年轻人，谁都愿意过日子舒服、做事顺利，可不能在任何情况下都去贪图舒服、享乐而失去自我，要学习“富贵不能淫，贫贱不能移，威武不能屈”的高风亮节。我鼓励他们，其实老实是一种力量，善良是一种智慧，要脚踏实地地做个老实人，做个善良的人，同时积累才干，有所作为。这在物欲横流的环境下是有相当难度的。我也勉励他们不要目迷五色，不要心存侥幸，不可失去自我。这样他们都在进步，进步较大者竟然是语言不多、不争风头但很耿直的小杨同志。

在市财办工作 8 年，我心情舒畅。可以说，这既是给我提供工作岗位的地方，也是培养我、教育我的地方。1980 年前后，许多有学历的人都在争取“专业对口”，即原来学的什么专业，现在还要从事什么“对口”工作。那时我可能去的地方是省外贸局。要知道省级外贸工作单位对当时的人们还是颇有吸引力的，尤其是有出国的机会，也够神秘了。可当时财办秘书处长黄汉兴问我：“你不往省外贸调?”我毫不犹豫地说：“我哪儿也不去，咱财办的人好。”高兴得黄处长逢人便引用我这句话，赞美财办环境好而留得住人。后来在清理旧的文书档案时，赫然发现当时竟有河北省外贸局想要我的调令，毕竟北京外贸学院毕业的学生很少。我至今感谢财办的所有领导、所有同志们。那时候，财办的老同志对青年干部真诚相待，年轻人一般都把老同志看得如同师长。和他们相处，从无忧虑。此时，特别回忆起财办李主任来，他是我一直敬佩的一个人。他的工作能力和业绩暂且不说，单说在他领导下的一个特殊的情况。有一次，他让我去考察一个干部，意在安排使用。他可能是觉得这个干部工作能力强，特别善于搞场面活动，办事圆满地道。但我在考察时感到他能干也能说会道，但也有言过其实的情况，特别是在领导班子听我汇报时，我提到这个干部有时爱打领导的旗号，李主任一愣，问："打谁的旗号？"我当众说："有时打您的旗号，有时打市委某副书记的旗号。"我真是"初生牛犊不怕虎"，当时说完就有点后怕，可李主任却耐心问我："你说我要使用他，怎么安排才恰当？"我说权衡其长短两处，当个公司副职比较合适。没想到李主任采纳了我的意见，此事令我对李主任大为信服和敬重。幸好我碰到的是他这样的好人，因为社会上因此而受打击报复的可不在少数。打击报复也是社会的常态之一，而李主任以后却把我当作他关注培养的对象。我还十分感激和敬佩我的老处长王先生。他于我有把我选调到机关并让我做干部人事工作的知遇之恩。受他的人品和工作、生活经验的影响，我逐渐形成了自己的工作思路和价值取向。我还十分尊敬和感谢财办政治处的张庆申、梁清英大哥，他们对我的关爱我永不忘怀，他们的朴实、正直以及他们的社会工作经验、能力同样给我以启迪。就说张庆申吧，他一身正气，好打抱不平，每逢遇到某人霸道，他就说现在的社会应该多出点"鲁智深"。他说这话，表明他的正气，也足以证明他的可爱。他做干部工作，总是强调把"德"放在第一位，推荐提拔了许多德才兼备之人。每逢年节，他不去现职领导的家拉关系，而是骑着自行车，专去老的、病的、退的干部家。以后我也照着这样做，交老同志做朋友，帮助他们解决问题，也使我知道人逐渐变老的过程。这真是"送人玫瑰，手有余香"。直到庆申大哥病危时我去看望，他听到我的声音，说了一句：“我的好兄弟!”成了我们此生的诀别语。

20 世纪 80 年代开始的农村改革，以推行“家庭联产承包责任制”为突破，到 1984 年前后又开启了以“引包容进城”的城市改革，然后发展为全面的改革开放。总体说，这定是打破过去几十年封闭僵化模式的转折，是融入世界、推动经济社会发展的伟大举措。说起改革开放的功绩，可说是举世公认，几乎每个家庭、个人都得到了改革开放带来的好处。同样，他们也都是改革开放的参与者。改革开放过程中，有好多好的提法和主张，如“时间就是金钱，效率就是生命”。再如“改革开放要从实际出发，既积极又稳妥”“要健康、可持续发展”。又如“要知实情、想实招、讲实话、办实事”。还有不少学者提倡“要鼓励诚实劳动、勤劳致富”。与此同时，国家有关部门也都相应制定下发了保证改革开放健康发展的法规、政策。这些无疑是改革开放的主旋律。许多部门、地方和人员积极为改革开放作贡献，无数人还牺牲了个人局部的利益，这些人也无疑是改革开放的主力军。在这一次改革大潮中登场的也有些是上了年纪、有阅历的“名人”“学者”，还有些是跟着说、跟着跑的身居高位的“领导者”。他们要不是鹦鹉学舌、人云亦云，就是“剑走偏锋”，把改革开放说得神秘莫测。首先是分派，什么我是“改革派”，你们是“保守派”，我要站在高位等。有时候他们在作报告，或作“辅导”时，经常听到台下、背后一片嘘声，这种做派后来被高层领导制止。二是否定一切，想丢掉一切原有基础，否定财政金融工作多年来取得的成绩，甚至对农田水利建设工作成果也要指责。三是鼓吹“一刀切”，把整个改革开放工作解读为只有一个模式，只能照我说的说，照我说的做，这是一种“模式崇拜”。后来我听到了“华西村”“南街村”的事迹，特别感兴趣。我还专门去南街村参观，也去了大寨两次。看到了无数的农村、无数的农家，除了自家努力，还得益于村集体经济、集体的思维与力量，于是出现了多种发展模式。四是打乱秩序。最具代表性的是“遇到红灯绕着走”的说教。遇“红灯”偏要过，让人们踟蹰不已。令人咋舌的是，少数闯“红灯”的鼓吹者，竟是此前“红灯”的设置者。设置“红灯”时，赶了当时的时髦，得名得利，得“科研成果”。鼓吹“闯红灯”，杀回马枪，是想吃“回锅肉”，有违自己职业之“德”。总之，经年累月，怪诞之事谁也无法计数。这就好比打开了潘多拉魔盒。可惜的是，对这些怪论进行制止、纠正的声音是微弱的，面对潮头，显得有些苍白、无力。听说一个很有权威和水平的组织，决定开一个名人的“生活会”，让他检查检查他所说过的一些对国计民生不负责的话，做点自我批评，然后与会者给他提提意见，希望他改正或约束一下自己。结果被他强词夺理，弄得会议不欢而散，问题不了了之。当然也有不少领导、学者和媒体是负责任的。1984 年年底，中顾委常委来河北调研，对于鼓吹“遇着红灯绕着走”、对于鼓动各基层单位要“跑部进厅”搞关系斥之“荒唐”，我听了非常敬佩。伴随社会财富两极分化的是强盗资本家文化。资本家文化在历史上伴随资本主义生产关系的产生、发展，曾有过促进社会发展的积极作用。但从另一个方面看，它自始至终都在产生着贫与富、强与弱的分化。某些把国有企业、公共资源“转、租、卖”的人，也应扪心自问，自己出卖的是什么价?! 还有那失职的放贷者和背后写条子的“指令放贷者”，你“贷”出的款，收回几何?! 记得初中时物理课，有“小孔成像”说。我想，正常人看世界就是循了这个原理，但不排除少数人认为自己想要的“像”就是“像”，甚至凭幻觉成“像”，世理在他那儿变了形。有些人显然是在过日子中颠倒了个人、他人和社会的关系。由此引起我思考的是鲁迅曾提出的“人民大众的文化”，还有先贤办过的“平民教育”“平民文化”。他们在“文化”问题上，肯定是有深思、有长考的。而他们历来强调的“多数优于少数”“大众先于个别”的思想主张，则应是社会建设的基石和最高原则。也就是说，要想凭良心、有作为的话，就致力于大众文化吧。

1983 年 7 月，机关搞“机构改革”，市财办一部分人到了市委财贸工作部，次年 4 月任命我为组织科长，我一直紧张而又认真地工作。其间，部领导找我，他想把一位年轻干部先任为副科级但主持科内全面工作，主要认为这位年轻干部条件不够成熟，且一些人包括下属单位不太服气，对此想听听我的意见。我的估量，这位年轻干部有办文能力强的优势，但个性强，两相权衡不如一步到位，直接任正科长，调动积极性。部领导说：“有你这句话，我就放心了。”后来直接把他任命为正科，调动了积极性，还避免了矛盾滋生，效果比较好。

在市委财贸部工作，我总的说是心情舒畅的。也有一事，对我教育颇深。听说有一个单位的组织科长跟领导汇报考察下属一个局领导班子的情况，涉及该局班子人事关系及具体人的问题，竟被一个与会者泄露给当事人，当事人很有压力，找到上级领导解释，领导才知道是有人故意泄密，并提醒汇报工作的科长注意提防。这种情况在当时是不多见的，简直被组织视为“大恶”。而泄密者无非是要当个“好人”，于是出卖了组织，出卖了别人。以后多年他的表现也不乏狗苟蝇营。后来听说他还伤害了不少干部，这类人其实和鲁迅年代吃人血馒头的人，在人性上是一脉相承的，也让我懂得了世界上有各种各样的人。再往后，又时不时听到某些领导班子开会，一研究完干部人事任免，就有人“起如厕”，吸着臭味去打手机通风报信儿。

到 1987 年 8 月，市税务局的一位李副局长到机关找我，说税务局要设一个纪检组长副局级，局党组研究，不从本局提拔，愿意要我去任此职。论时尚，谁都愿意从本单位提拔人，这有诸多好处，可他们却要从市委财贸部把我调去。我简直受宠若惊，李副局长还说，他已先向市委组织部和财贸部长说了此事，部长说你们办的是好事，但不知小王愿不愿去，你们可以先跟他说说，摸摸底。我听了他的话，原本不愿意去任这个职，但感觉这是他们的信任，也是人间友情事，于是毫不犹豫地说：“谢谢你们的信任，我愿意去。”到 9 月，市委发了让我到市税务局任纪检组长的通知。1988 年 9 月，市税务局王成礼局长又让我到由北京财政部开办的全国地市税务局长培训班学习，学期半年，至次年 1 月底春节前返回。此时市委原财贸部在机构改革中改为市委财贸工作委员会，简称“财贸工委”，职能跟以前没多大变化，任命我为副书记，分管组干处，后来还管过宣传教育，兼任市财贸干校书记，由此也成了所谓“正局级”。在此期间我延续了过往的工作思路，即“要有利于财贸事业发展，有利于人员队伍稳定、正常工作和生活，有利于德才兼备的人员脱颖而出，做好培养选拔工作”。做到这些，说着容易，真要实现，可就得既要正面做好工作，又要排除各种问题、困难，甚至是干扰了。还要随着时间和环境的变化，不断想些新的办法推进。比如，要稳定人们的工作、生活，就不那么容易。一是有的居于上级的个别领导人员，爱调整班子、折腾干部。这样，一可以捞取政绩，说我调整了多少班子、多少干部；二还可能跟“要想富、动干部”的民谣有关。再有，从一些班子自身看，有的“一把手”唯我独尊，自视有“负责制”权力，动辄免这个撤那个，想搞“清一色”，结果出则可以前呼后拥，坐则可以“堂上一呼，阶下百诺”。这本不是我们的机关应有的秩序，更不符合民主集中制原则，但这类情况不时地出现，不少人认为一些单位的“一把手”成了“一霸手”，得罪不起，不敢有不同意见，甚至争相巴结、逢迎“一把手”，唯恐落在别人后面。后面的将被实行“末位淘汰”。这种现象，又是一种社会“常态”，即有它存在的社会阶段必然性，不必大惊小怪。但遇此情况，我都是尽力做些劝阻或缓解的工作。我常说，在单位，干部是一个人、一条生命，他背后还有个家庭，想唤取强势者给点同情心，但有的能收敛，有的则不然。所以我的工作效果就是，挽留了一些人，但有的也爱莫能助。十几年前见到一个部队正团级军队转业干部，转业后做了公司级班子成员。他被免职后，找我一诉衷肠，见面未开口，就掩面痛哭，说：“我晚上偷着卖刨冰哪!”他面上哭，我心里哀。这些事例，促使我信念愈加坚定。在此后的干部工作中，我一直秉持这个观念，有时甚至大声疾呼，以致后来有一个 49 岁，表现很好的干部因被排挤而免职时，我无可奈何，也感到很惋惜。这个干部 10 年来一直正常工作，但在 1998 年初，企业重组，和一个同类企业合并，并让那个小企业后生当经理，他当书记。那个小经理开始排挤他，别说开行政会不让他参加，竟不跟他打招呼，私自召开党委会，令这个挂名书记处境尴尬，直到免职。

1998 年 1 月 2 日晚 10 点，市委组织部通知我第二天向市委常委会汇报对一个县领导班子的考察情况。我想，正值元旦放假期间，就别惊动司机了，要自己打车去市里开会。正要出门，心绞痛发作，当时出现了“濒死”感。儿子、老伴叫来“120”，送我到市三院。此时得到有关领导同志和本机关所有同志的关照，领导力嘱我要根治。后来我到北京阜外医院做了冠脉造影并植入动脉支架。按说我的病得到“根治”，但从此（50岁）就戴上了冠心病的帽子，要坚持吃药。于是我学会养病，一是按时吃药并随身带硝酸甘油，这是危急时抢救之药，平时起治疗作用的是辛伐他汀类药；二是保持心情良好，不生气，少忧虑，这在养病上起到百分之七八十的作用；三是饮食不要吃饱，七八成为好。

病后我又工作几年，担子不算轻，还经常参加上面一些会议，有关的会让去，无关的会也没少开。至2002年，又一次机构改革，我将近55岁，让退居二线。按说一个干部几十年已经形成了习惯，况且55岁还能干，但形势就是那样，随大流退了，也不觉得难堪。从退居二线直至60岁退休，这5年，又有一个前后不同“时尚”的对比。1983年前后，退居二线的都愿意再干点工作，单位一般也没得说，愿意给老同志分配点工作，叫“发挥余热”。市里及各级组织还都召开过“老干部发挥余热经验交流会”。而到21世纪初几年，退二线的一般都知趣地不再参与什么事，而且越来越躲得远。10来年的变迁，好坏无法评说，却也是客观存在，说明“人走茶凉”“人老茶凉”。

退休之后

到 2007 年 60 周岁退休，市委组织部通知单位“一把手”，让他代表市委领导找我谈话。这个程序跟以前又不一样。以前是一个市管干部职务变动，尤其是干部干了一辈子，干到退休，都由市委领导出面谈话，这是规矩。如今说市委领导太忙，让本单位“一把手”代表。不管怎么说，我对退休还是处之坦然，思想、情绪几乎没有些微波动。这叫“人情淡、人心散”。这期间，经历了儿子、儿媳成婚，并喜得孙子，家庭和睦，其乐融融。尤其是儿媳，通达贤惠，满有相夫教子之德识，实为家庭的“福星”。

2006 年年初，在儿子的主张下，我把老母亲接到石家庄（要说的是，我们兄弟姐妹都争着要侍奉老人）。此时的老母已卧病在床，不能自理。我一边精心侍奉，时不时地跟老母逗笑取乐。笑料还是蛮多的，留下一个个段子，母亲那舒心的表情，成了我永远的记忆。2010 年 1 月 31 日中午，守候在妈妈身边的侄儿王伟突然叫我，说奶奶吃的饭全吐了。我跑过去一看，母亲正慢慢失去生命迹象。我和老伴哭喊着，“妈妈妈妈，我舍不得您！”然后给她穿上那永远不想让她穿的寿衣。从此，我那可亲、可敬，吃了一辈子苦的妈妈永远地离开了我，时年 93 岁。

是我那可亲的妈妈养育了我；是可敬的妈妈教我做人应守的

本分；是尝尽人间苦的妈妈告诉我人的生命的燃烧过程，我的一切都是妈妈给的。世界上没有什么是绝对的，而只有妈妈（当然还有爸爸）是百分百疼爱自己孩子的人！妈妈一生从无奢望，只求能把孩子们养活，但她的 8 个孩子却有 2 个夭折。妈妈需要有一间遮风挡雨的住屋，却在十多年的时间里终日守着快要倒塌的那间草坯房担惊受怕，以致求东家，求西家，时不时要借住人家；妈妈只求一家人能有饭吃、有衣穿，命运同样没能眷顾她。妈妈走了，但她给子女们留下了她的印记，也留下了我们对她无尽的思念。

退休以后的生活，可以用 4 个字概括：心满意足。满者，显然远不是指毕业于国家重点大学 40 余年来获取了什么有形的东西。足者，也不是指每天攀爬五楼顶房，而居住在至今屋顶留有漏雨印痕的房间，当然也不是指存有多少钱财。对这些有形的东西，我从未刻意追求过。实在只是心境上已满足矣。我自小干农活，长成人；从小尊师长，学做人，学文化，从读书中变得成熟起来。我有了知识，积蓄了信念，努力做自己想做的事，身体力行，不敢侥幸，这些足够我心满意足的。我完全可以说，我也是幸福的。曾有朋友说："人啊，60 岁以后官大官小一样，70 岁以后钱多钱少一样，80 岁以后男的女的一样。"这句笑话说对了人生的基本面。在我人生路上，值得庆幸的还有，在充满诱惑的环境中，我有效规避了"黄、赌、毒、险、贪"。"黄、赌、毒"人们常说，"险、贪"是我自己的说法，"险"是危及安全的"险"，是鸡蛋碰石头的险；"贪"是拿不义之财。受爹妈影响，我总是乐于过安稳日子，踏实人生，追求"洁身自好"。问题是，诱惑无孔不入，贪欲使人迷失自我、乱了方寸，做了"蚀本"生意。这正是人心里垒座"长城"，诱惑就会失效，做人才有根基。人活在世上，只是“沧海一粟”，但人的躯体加上“生物电”可就是一个“小宇宙”。“小宇宙”与“沧海”可要良性互动。有人类学家说求生存是人类发展的动力，也有人说，求生存是被死亡威胁“倒逼”的结果，所以死亡才是人类进步的动力。正因此，我虽然没少读到和听说有“强势动力”“欺诈动力”“官、财动力”，但总是倚重前者，唾弃后三者，而它们可通称为“妄想动力”。我常想，那济公没少破佛门禁令，但无非是自得其乐，无非是“酒肉穿肠过”，外加“鞋儿破，帽儿破”，不修边幅。在八百罗汉堂里，虽无他的正位，却也能在房檐上找到他。这正是，谁说济癫不是罗汉！不少人称他为“济公活佛”嘛！像济公这样，有所参悟，倡人平等，扶危济国，取嬉笑怒骂之姿，不乏俏皮之态，与那些道貌岸然，修行累得晕乎乎的七百九十九条汉子，执一端而得“真经”，谋一位而取“正果”，应属“各得其所”。这才是世间道路千百条，说不清都是哪路人物。更何况，其中有十八罗汉斗孙悟空，结果也是斗成平手，说不清谁高谁低，哪儿对哪儿错。至于退休后干什么，其实是不干什么。我没给自己定时间表，大抵是随心所欲。一是有了和邻居闲暇聊天“侃大山”的机会，越侃越爱侃，竟给我平添了许多乐趣。往往是，身上觉得懒洋洋没力气的时候，聊聊天反倒精神许多。二是每天上早市，连散步带买菜、买水果和生活必需品，时间一久，几乎每个摊位都熟了。这时间我曾听到一位从河南农村进城卖菜的杨姓兄弟的“创业史”。十几年前他从老家借了 300 元钱做盘缠，到石家庄市还剩 25 元，卖菜伊始，老乡们相约，吃菜都从他那里买，帮他渡过“入市”关。我听了既同情又敬佩，感悟到，一个人就得有这种顽强的生命力。这种生命力表现在两方面：一是个人拼搏努力，二是以忠诚和热心换取朋友的支持。我有时看到街面上的一个个小店铺，开了关，关了开，不见红红火火卖东西，只见没完没了一次次地装修换招牌，我就去听他们说原因，帮他们出主意。还听了不少这一层人员的见闻，知道他们怎样离开农村，怎样接受“城管”等。我也爱和民警、协警和城管聊聊天，知道他们也有苦辣酸甘，这可真是“相逢何必曾相识”，聊聊侃侃真开心。就在最近，在马路边，听一个被罚款者请一个“执罚者”酒足饭饱后，那被罚者还赔着笑脸问：“哎，我那罚单？”执罚者拍着胸脯：“你就别管了。”我说这些不是为了寻找阴暗面，而是从中知道一些社会底层的人是怎样生活的。其实，“管”和“被管”，“罚”和“被罚”都不容易。要是上级下些真功夫，好多头绪皆可梳理，需要有司协调，搞好调研，做好统筹。而我想说的是，社会本就是个大课堂，从中可以学到很多真东西。许多见所未见、闻所未闻，其实都来自向别人“借脑”，这就应乐于交流，学会倾听。三是上网下围棋，段位一个劲儿地往下降，乐趣不断往上升。在上网下围棋初期，有时遇到耍赖的，那是很认真、很生气的。但认真者硬撑是撑不过无赖的，最后生了气还得输他十分。时间稍久，遇到的“赖皮”多了，就习以为常，马上送他十分，不再生气。遗憾的是，对于无赖捣乱，起先还有联众“围棋督察”管管，后来放弃监管，无赖越来越多，一些正规下棋的人徒唤奈何，我就想何不给无赖造成麻烦？可我不会在网上打字留言，于是就试着改变方法，遇到无赖，先鸣响两声，以示音响警告，然后跟他走倒计时，每到“2”或“1”时给他走一步，让他等吧！等到再倒计时到“1”时，再给他走一步。他是干等，随着我转。我对棋场上的多数无赖们的优势是，我比他有充裕的时间，论磨时间他磨不过我，以时间求空间，最后他软了，要求计算胜负，我给他来个“NO”。再最后，他缴枪认输。这种下法，从他耍赖，到我给他走“倒计时”，这个过程也是游戏。这是世界上的一种新玩法，蛮有意思，比正规下棋还美哪！这也叫嬉笑怒骂法，知己知彼，有时给无赖一点不适应感，给麻烦制造者也制造点麻烦，可能会使局面改观。小捣乱鬼要知晓，你不过是耍无赖当的小捣乱鬼，不要以为没人治得了你。俗语说：“一人治一人，灶爷治门神。”你捣乱的结局可能是一发不可收，最后“解铃还须系铃人”。就如此，有时半天的围棋能抓三四个俘虏呢。但不知吉尼斯掌门人对此游戏有无兴趣。四是坚持看《新闻联播》《焦点访谈》《今日说法》《参考消息》，了解社会脉搏。尤其是订的刊物《炎黄春秋》，得以读历史、学理论，也引起我不小的联想、思索，弥补了过去对许多理论理解上的不足，甚或纠正了不少过去的理解上的偏颇，也给自己带来了不少乐趣。比如，在看《星光大道》时，看到两个参赛的演员，一人说一心想争赢，演唱时使足了力气；另一人来自边远地区，说只是来试试展示自己，没想赢不赢，表演时比较坦然镇静。对她二人，评委说，你们一个想赢，一个没想赢，要互相借鉴，最好是又要想赢，又要稳健。此理符合我的世界观。评委还点评另一 51 岁的女选手说：“你能唱出这么高的音调是很了不起的，但任何高音里都蕴含着低音，你追求高音没处理好低音，因此嘶哑。”我很赞同。我们做人，不要做得声音嘶哑。再如赵忠祥主持的《动物世界》，说狮子虽是百兽之王，但当它们有孩子时，也会变得小心谨慎。为什么？因为担心孩子不安全。在孩子遇到危险的情况下，母狮子还会奋不顾身冲上前去护卫。果然，画面里出现一只来偷袭小狮子的雄狮，母狮冲上去和比自己身体高大一倍的雄狮拼命。母狮这样做是十分危险的，但母狮全然不顾，而小狮子还真的侥幸躲过一劫。原来，妈妈们都是如此。又比如，去年从

《参考消息》报上读到“大数据”“云计算”的概念，对此我一窍不通。但后来看电视广告，有一广告说他那个机械产品就是“大数据”和“云计算”产品，我不禁哑然失笑，一看就知道他原来不懂“大数据”和“云计算”。我心里也曾这样戏说“大数据”：“大数据”有个“大”字，大到要仰望苍天，无限之大；“大数据”由单个小数字组成，小到无限不可分。人活一世，要通过读书和浏览、倾听、认识、熟记每个单个的小数据，同时归纳分析它们之间的关系，不断积累演绎出大一点的数据。好比学习，天天学，学无涯；好比吃饭，一口口吃，吃不尽；好比贪，总捉摸贪，贪而无厌。在看《参考消息》时，还看到一篇《二十一世纪要破解的谜题》，里边一个谜题是“时光能够倒流吗?”颇有新意。按人生和事物从产生到消亡的过程，时光是正方向前进的，这一对时光的定义无疑是人类一个伟大的发明。它以时间来度量，让人们珍惜时光和机遇。另一方面，那考古学家的发现，那太史公司马迁等人写的历史，则为人们呈现了“时光可以倒流”的证据，人们一读、一看，就看到、想到了过去乃至远古的东西。人们看到的“琥珀”，不就看到了无数年前它的形成过程了吗？人的生命走过有限的时光，而可追求和记住的则是以往无数的时光。小时候无数次听大人们说“人过留名，雁过留声”。跟孩子说这个，不光是让孩子争个好前程，侧重点还是希望孩子一生不要在社会上留下恶名。社会学的发展，不但要运用“大数据”“百分比”原理，还要具体解剖分析无数个体，哪怕是颗粒、尘埃。那咱会是哪种个体呢？

以上几类生活内容，对我来说就如同是看大海，蛮宽广而无限的。有时还真有点累人，还真较劲。

退休后在市井溜达，能看到千姿百态，看到好人好事无穷，大抵可归入爱国、爱家、互帮互助、平等待人之类，有些还非常感人。但也有一些情况，有点让人不顺眼。从中产生一个想法就是，社会要提倡敬老，可老年人也要自律。由于免费乘车，我看家门口那趟公交车，往往老人占其十中有七。干什么去？市内免费坐车旅游。这倒不是说免费乘车不好，可这样发展下去，也会成为社会问题，每看到车上人挤，我既心疼老人，更心疼打工族的不易。还有个别老人，在公交车上那真是凶悍无比，上车就非得有座，没座就往打工族身上挤，除了看到一老者携子女殴打一位让座晚的女孩外，还看到一老太太对一青年女子出言不逊，两人吵起来后老太太往青年女子身上挤，说："你打我吧，打完我我就上你家吃饭去！"这青年起身而去。原来这市面上有爱打人者，也有愿意让别人打者。观此后感，我出家门，也要自律。

当然，于不经意间我还看到人们着装和自身形象设计的变化。就看着装吧，这些年穿着是大进步了，一方面是表明人们有钱了、档次高了，另一方面是爱好多样化，万紫千红如春天的风景。但也看到各种执法服装成了时髦，有警服、城管服、工商服等。我过去的一个学生穿的是森林警察服。我问他："你在单位给领导开车，也总是穿这个吗？"答曰："对呀，穿这个好呢，走到哪里都不受欺负。"再看人们对自身形象的设计，这些年，发型出现新趋势。说这是一种发型，其实是去掉了头发，几乎成了光头。留这种头的不光是十八九、二三十岁的年轻人，也有老态龙钟的老头。这是追求什么？从昨天看《微型小说报》里一篇小说，名字叫《卖刀疤》，说的是一个很纤弱的人被别人用刀砍，留下刀疤后，走到街上，发现怕他的人多了，敢惹他的人少了。于是他"眉头一皱，计上心来"，从事了"卖刀疤"的生意，即用刀在人的脸上划个伤口，撒上药，留下刀疤，每个刀疤卖两千元，生意挺火，门庭若市。他的同学，即作者以第一人称设计的“我”去找他，诉说自己在一个单位办公室当干事多年而不得提拔的苦恼。他说，你别管了，并对几个脸上有刀疤的人耳语了几句。待他回到自家，竟发现单位领导来登门拜访，颤颤巍巍地说：“我们已经决定让你当办公室主任了。你那几个脸上有疤的小伙子，就别让他们到我办公室了。”从此事情摆平。小说当然允许虚构，但这个虚构的故事，描写了一种畸形的人情世态。这类东西越少，社会才越健康。这要通过教化、法治，特别是改善社会环境来实现。人们讲社会和谐、稳定，对那些不好的社会现象痛心疾首，其实民风才是根。中国大地改革开放 40 余载，从接受“竞争”概念到提倡竞争，形成正当的竞争风气时间还不长，但相当一些人把竞争变成了互相倾轧乃至打打杀杀。其实，好好读书，虚心倾听，多多浏览，本就已经参与了竞争。因为读书、倾听和浏览，就是使自己不断找到个人成长、发展的方向，积累能量，应对社会竞争的过程。

退休在家，这是个让我舒心的家。从物质生活上说，没有什么顾虑，用项不发愁。人说“家和万事兴”，这是个“真经”。

我老伴刘正华是一个纯洁正派之人。她爱家、为家，从结婚到公公婆婆去世，近 40 年，他们没红过脸，心里也没什么意见。再说人家育有儿子，下面又有孙子，并因之成为第 N 任王家老太太。同时她又是要强、好学、苦干工作之辈，取得正高级工程师职称，至今还在大学讲课。像她这个年纪，加上原来几家大学无线电专业教材的局限，而能在现在教授网络相关课程，是不断进行知识更新的结果。几十年来，她参加了日语、英语、经济管理、网络工程及安全，以及教育心理学等无数个培训班，所以才能在现在教网络类的课程，这既是沉重的负担，又是她的追求。

要学的东西很多，而她的年纪也越来越大，应在两者之间寻求平衡，对此应有心理准备。特别应强调的是，人生既然只是一个生命燃烧的过程，那保持身体健康才是根基。老伴的要强和上进心是带来了收获的，但也在身体健康上吃了不少亏。老伴事事追求完美是不必指摘的，但世界上就没有百分百完美的事。鉴于自己的身体、年龄，只用现有的工作充实自己，跟社会保持着联系就可以。至于我儿子、儿媳，正值黄金年龄，已有的基础、现在的情况都不错。尤其是儿子，想把事业干大点，有大的进取，也是人的理想使然。向往一帆风顺、世人追求幸福生活也无可指摘，但人是社会的人，人生与社会关联。理想固然美好，不可没有，但必须同家庭、社会相融、相连。譬如在北京乘地铁，大家都想顺利乘地铁，人多必然挤，那就排队按顺序上车，上了地铁要处理好同车人关系。有一说就是，人在世上行走，不在你人高马大有力气，而要善于寻求缝隙，在缝隙里求生存。传闻龙生九子，各不相同，何况中华上下五千年，“子子孙孙无穷匮也”，必然产生各色人等。由于经历人生近 70 载，看着不少人从小到大，有的好得像他爸，有的坏得像他爸，有的好坏都不像他爸。但“好人”“坏人”，包括“怪人”，无论什么时候，什么样的人都有。因此，欣赏各类角色，其乐大矣。其实那地铁上，有疲惫不堪闭目养神的，有不顾一切蛮不讲理的，有十之六七心无旁骛玩手机的，真是一幅活脱脱的社会素描画。人在旅途，难免遇人不淑，而逆境中的清醒才是更有价值的。要读人生的课本，就要结合尝苦品辣，乐在杂陈五味中。要创新思维和行动，不能抱残守缺、故步自封，这样的人将永葆达观。近些年随着倡导民主、文明和思想解放，潮流是好的，但也有个别人无德、无法。遇到这样的人不必争论，更不要激化矛盾，免得对牛弹琴。写着自己，想到儿、孙，我那孙子光霁，固然因血脉承袭而亲密，更因其茁壮成长而欣慰。春节时，我在家里发起开展“快乐年”活动，初评：孙子的母亲得先进。孙子说：“快乐不是轻松的意思吗？我妈妈可不轻松啊！”他的话，让爷爷奶奶又惊且喜。惊的是，他能理解妈妈是辛苦的；喜的是他对妈妈的疼爱之心。我崇信，一辈子做人，是从理解妈妈并立志为其分忧而起步的。当然，孙子还只是个9岁的孩子。

我与老伴已岁入晚年，没别的负担，但愿能多“自理”几年。有时也想到人再长寿，犹有竟时，我没有想过到时会用什么“规格”，也没想过有多少人会随多少礼金。我想，那是累赘。自己的人格上也过意不去，唯一不愿给儿孙和亲朋好友带来很重负担。我愿意，关于我们老两口的事儿，一律应删繁从简。

回忆我从出生到过了一个甲子，渐入古稀，尤其从入学到工作的几十年，一天天、一步步都是吸收着家庭、社会和单位所赐予的物质和精神文化营养，逐步积累起属于个人的一知半解，希望乖张者收敛，盼弱势者转运，并身体力行，遇不平路小试几铲把路填平；若有闲暇，也要一要，让寻衅者也出点代价，但掌握一点，不从个人得失、恩怨出发。我从自身经历中体验到，人只要了解了自己，把握住自己，就不惧怕任何挑战，没有人能打倒你，只有自己打倒自己，为此必须从自身正直做起。我还觉得，人生其实还有“另外”的幸福，只要它属于自己。人的心，该“放飞”时要“放飞”，当收敛时要自律。从人都是社会的人的角度看，我一刻也没有而且也不会脱离人群。曾经在一本哲学书里看到，各种力量拉着社会向前走，或向左、右，或向后走，不是一个人的力量所决定的，而是由无数个平行四边形合力。在这张合力网中，任何单个力量的吹嘘，都是不自量力。

思索未来，又联想到人的生老病死和人生的意义。许多大大小小的名人或自信“成功”的人写自传，写到晚年，常说自己身后要去见马克思云云，好不气派。但若其中有的人果真见到马克思，马克思定会给他下个定义：你是我的不肖子孙。马克思追求的是世界大同，他用哲学、政治经济学和科学社会主义理论的三把钥匙认真严谨地剖析历史，研究社会发展规律，希望人类社会由低级到高级，最终实现共产主义。他否定人间的压迫、剥削等不平等问题，向世人宣告：随着社会生产力的发展，人类社会的最高阶段将是“物质财富极大丰富”，每个社会成员的聪明才智能得以“充分涌流”。他所设想的无疑是人类社会的最美好境界，往那个境界前进将是一个漫长的过程。显然，马克思的研究成果对人们有很大的引领作用：一是树立远景目标，二是让人们努力。这种努力包括“地球村”理论，包括对“和谐”的倡导，包括让人好好学习科技知识……包括一切健康向上的东西。

我是尊敬马克思的，他是人类社会发展的探路者。我也称赞那救人灭火的英模以及那公交车上让座的青年，哪怕是不掺杂使假的药师和不缺斤短两的卖菜人，我都尊敬，是他们让这个世界变得更美好。

一个人离世后如果真有可能到另一个世界，我也乐于见到前人，但我不想只见马克思一人，因为这本不是马克思所主张的，更不是我的个性。我只愿一路走去，向我见到的所有人问候、致谢！

2014 年 5 月 20 日

我的思考

以上回忆，本没想写，但一写起来，反而一发不可收了。于是一气呵成，顺着时间记忆，等到了头，并不成文。写到这份儿，记忆中的一些小片段，觉得对自己影响较大的一些见闻，仍不断在脑海里出现。于是就想零敲碎打，把一些想起来的小片段、小事情，随想随记下来——都只列个小标题，或怎么轻松怎么写，略加说明。

关于“人穷志不穷”

这个说法，听过无数遍，而且越听越觉得好。这个说法的字面意思非常明朗，但经年累月，不断想起，就感觉其意义越来越深。人坚持有志向、有志气地往前走，越走越难。因为人在漫漫路上，方向是容易迷失的。当然也听说过：“无志者常立志。”那是因为他的志向常常改换。但无论什么“志”都应该以“做一个对社会有用的人”为标准，于是认为，在这样普遍的志向下，应该就是“好好活下去”。活着活着，有人创造了奇迹。

关于“吃得苦中苦，才知甜中甜”

这种说法，可以冲淡苦闷，更高层次的说法是“吃得苦中苦，方为人上人”。当然，用今天的道德标准衡量，这个“人上人”，不是欺压、剥削他人的人，不是骑在人民头上作威作福的人，而是为了人民大众的事业，具有较高精神追求和思想境界的人。不管哪个层次，都首先面对的是“苦”。“苦”，有生活必需品不足的苦，有租住地下室、算计着花钱的苦，有升不了官、发不了财的苦，这是摆在许多人面前的一些庸常的苦。这时人的感觉是什么？当然由于“条件”反射，也是苦。可偏偏有好多人，经历了许多苦难，形成“非条件反射”，就不觉得苦了，尤其当一个人有了较高的精神追求，摆脱了庸常之苦，于是还派生了“以苦为乐”的说法。这些人如果能一直坚持下去，就能创造出人类奇迹。

关于“叫屈的男儿不是汉子”

大约是在小学四年级时，在上学路上，老远就听见一个男同学在自家院子里边号啕大哭边喊：“我冤啊！我冤啊！”而他妈妈打他打得更厉害了：“我叫你冤，我叫你这么没出息，叫屈的男儿不是汉子。”原来他妈妈不许他这么小就叫冤。可偏偏在这个叫冤的小同学身上出现的娇气事儿特多。他经常迟到，上课不一会儿就举手要求上厕所，老师烦了，说怎么老是这样，“尿裤子里吧”。老师话音刚落，他就哇哇大哭，尿液顺裤腿往下流。上课时常打瞌睡，老师大声一叫，他又哭了喊冤。课间同学们用水杯从水缸里舀水喝，偏偏他要把头扎进水缸里喝水，被老师从水缸里倒提出来。同学们说，他什么都不会干，就会喊冤。但后来他从喊冤的困境中走出来。改革开放以后，有一次我回村里，听说他“撞大运”成了“大腕”——推销“生发灵”发了财，可好景不长，因为推销伪劣产品，又变得一贫如洗。他又为此叫屈不已。

在以后的生活中，我也时时会遇到爱喊冤的人。对自己遇到的困难、挫折，不是想办法克服、战胜，尤其对自身的毛病不做认真的反思、改变，而是怨天尤人、常常叫冤。社会对真冤的人是同情的，对不怎么冤的人也是公正的。还是那句古语说得好：“天作孽犹可恕，自作孽不可活。”

关于“三百六十行，行行出状元”

“三百六十行”这个数字不知对不对，总之是说各行业都能出状元，都有成功者，这个我算是信服了。我所听说或看到的成功者或“状元”，有思想端正、扎扎实实的公务员、小干部，有住地下室、吃盒饭的“北漂人”，有从修雨伞、钉皮鞋、卖大碗茶起步的企业家。他们的共同之处可能是具有一种锲而不舍的精神，因而正如古人所说：“积土成山，风雨兴焉；积水成渊，蛟龙生焉。”总之，办法总比苦难多。

关于“先做人、后做事”

这是时常听到的说法，虽然两者不可分，但做人是强调人的道德品格修炼；做事则侧重人要做事业、做专业、有本事。它把做人放在前面，就突出了德的重要性。有人说，坏人本事越大，因率性而为，做坏事越多，下场也往往更悲哀；好人无论本事多小，都活得下去，而往往是无怨无悔。

关于“情商”和“智商”

这是改革开放后，有些研究人的素质的专家说出来的概念。既然是人的素质的两个方面，那“情商”和“智商”都是必须也必然具备的，即人生、发展跟此“二商”相关。但追求“智商”的提高，似乎此关好过些，如算算术、解方程之类，只要提高自己的文化知识和专业技能，只要自己有进取心，发奋图强就行。

但提高“情商”就不那么容易了，它需要对自身与他人、与社会关系的正确理解和把握，需要对自身的约束，需要把自己与社会、与他人的关系处理好，需要忍让、协调，需要把握平衡。意思就是高的“情商”需要自己巨大的精神付出和“情感投资”。

关于“该吃哪碗饭就吃哪碗饭”

这是小时候就听妈妈和村里老人说过的。乍一听这似乎宣传“宿命论”，其实并不尽然。走向社会后又无数次听到这个说法。它警醒人们要在社会容纳度和认可度内争取发展自己，取得尽可能大的成绩，所谓“各得其所”。

关于“不卑不亢”

这是我在听周恩来总理讲话时听到的。周恩来总理常讲外交工作姿态应是不卑不亢，这应是智慧的结晶。后来我想，做人也要“不卑不亢”。

关于“兔子不吃窝边草”

这是我小时候当农民时听村里人说的。兔子，以草为生，为了冬天青黄不接时不被饿死，在水草丰茂的季节都外出觅食，而留下窝边现成的草。这是从长计议和给自己留条后路，也是“免身保险”。而有的人往往急功近利，唯利是图，不但喜欢吃“窝边草”，还喜欢搞“窝里斗”，似乎不先把“窝里人”吃掉，就不会有成绩。这种目光短浅的人能有什么好的结局呢？

关于“艺多不压身”

这是我上中学时听到的。当时一个同学学习不大好，可唱歌和体育挺好，也占了他一定精力，有个大点儿同学王某如是说。这话当然有道理。人具备多种知识、多种技巧，甚至融会贯通，能力就强，当然不会“压身”，反而轻松自如。

关于“笨鸟先飞”

这也是小时候听妈妈说的。当时她干农活、操持家务，起早贪黑。别人笑问：怎么这么早（或晚），她总是说自己干活没力气，没能力，只有“笨鸟先飞”。后来上小学，有一课叫《龟兔赛跑》跟此理相通。再加上读了《荀子·劝学》，这种意识就越来越强了。

关于“不安生”

这是小时候听村里人形容某人好动，为讨生计爱捉摸事儿，但有时也形容有的人爱多事、挑事。后者当然不好，前者则值得提倡。人求生存发展，哪能不捉摸干事呢。“不安生”就能出办法、出创新。

关于“去粗取精、去伪存真，由此及彼、由表及里”的分析方法

这是毛泽东同志讲的思维方法，我认为讲得很有道理，识人看事看本质，并能综合分析。他还讲过“实事求是”，说“实事”就是客观存在的事物；“求”就是我们要去研究；“是”就是事物的客观规律。“实事求是”就是根据实事、实情，探寻规律，拿出办法。对此，我一直心悦诚服。此外，他所讲的“一分为二”的看人看事方法，我也一直相信，并按我的理解身体力行。看到事物的两个方面，当然也可以多个方面，没什么亏吃。

关于“快乐”与“不快乐”的各种结合

这是近些年听有些人研究心理所用的或某些歌曲中时常出现的用语。暂记成：快乐，表示真快乐；“快乐”，表示假快乐；不快乐，表示真不快乐；“不快乐”，表示假不快乐或不该不快乐。人一生都有这类情绪。譬如，为求得真才实学、为他人及社会做了好事而快乐，就是真快乐和值得快乐的事。又譬如，坑害他人、坑害社会，把别人打压下去，或在旅游景点文物上刻下自己大名，如果你为此感到快乐，当属不该快乐的快乐。心境是伴随一生的，但心性、品性决定了你的快乐的意义、价值。那些爱贪便宜、贪腐成性的“苍蝇”“老虎”的“快乐”是损人利己、损公肥私的罪孽，应当心下一站会“悔之有愧”，或茫茫然丢魂失魄。

更多的人，包括我自己，则坚持清贫、淡泊的生活，“笑一

笑，十年少”，保持达观的心境。曾从一个寺庙大肚弥勒佛那里背下一副对联：“大肚能容，容天下难容之事；笑口常开，笑天下可笑之人。”此为达观之一。

至于快乐和不快乐、真快乐和假快乐，其言自明，不必赘述。

关于“一叶知秋”

有人说“观一叶而知天下秋”，相近意义的说法还有“窥豹一斑”“见微知著”等。这是我在日常生活、工作中听到的说法。这应该是指人们认识事物的方法而言，用于眼观全局、把握未来。不过我这方面的能力可不行。

关于“物以类聚，人以群分”

这是日常听到的说法，似乎也是一种规律。特别是人们在发现有人拉帮结派、排斥异己，乃至结党营私时，说他们一钱不值或义愤难捺时，常用这种说法，甚至说是“鱼找鱼，虾找虾，乌龟专找癞蛤蟆”。当然也有另一类的集群，比如一些血气方刚的青年探讨人生理想的时候；比如一些确有建树的人们在一起探讨理论学术等的时候，往往都会获得于社会、于人民有益的成果，同时他们也都在集体的事业和共同的探讨中激励着自己。对这种集群，人们都心生温暖和向往，觉得其是一种健康向上的力量，也是现在人们常说的“正能量”。

区别这两种不同的集群，大人们常警示孩子：“当心近朱者赤，近墨者黑。”

关于“打人不打脸，骂人不骂短”

这是小时候常听大人们说的，荒村僻野也确实存在这种打人打脸，尤其骂人揭短的风气，但后来就越听越少，乃至听不到了。它是说，友邻之间如果跟谁有矛盾，不要出口伤人、动手打人。“打人不打脸”说法直观，就是说如果打人脸，容易受重伤，留下伤疤一辈子，让人不好做人；后一句“骂人不骂短”，则“短”有形形色色的短，如各类生理缺陷。那时不少人得过“癞痢头”，也就是秃子，还有其他残疾；还有什么“出身”“身份”不好。那说“骂人不骂短”，就是说不要去专揭别人的伤疤，对人不要太狠了。两者都是说不管有多大矛盾，要尊重他人的人格，不要伤害他人的尊严。

这是一种教养，是一种警诫。

关于“别鸡声格斗的”

这是小时候常听说的话。意思是说在人群、同事中别那么刻薄，别那么多是非和钩心斗角——那时农村里至高不过是这个档次的矛盾。而什么“结党营私”“拉帮结派”，这么高层次的他们够不着，因而显得质朴，但道理一样。

关于“是非之地不要去”

这也是小时候常听大人们说的，主要是嘱咐孩子注意安全。比如对不知深浅的水流，对常有毒蛇出没的地方，还有不要去那总有人争争吵吵的场所。也有人说，这叫“长眼”、有“眼力见”，能管住自己的腿。那嘴呢，往往也需要管一管。前几年，电视台一节目主持人解说某个外国足球队比赛，开头正常主持，突然又喊出某外国“万岁”，令人瞠目，这是哪儿对哪儿呀。这样的情绪化、显出个性很不成熟的弊端。

关于“神怕敬、鬼怕送”

这是小时候听村里人说的话。人们往往把好人好事比作神，把坏人坏事比作鬼。人都会遇到好人好事，那就诚心对待之、敬畏之，甚至与之交为朋友、知己；人都会遇到坏人坏事，那就远离之，用不客气的态度驱离之。“怕”字不是神、鬼之怕，是说当事者用不同的态度对待不同的人和事，比较稳健。

关于“用人手臂朝前，不用人手臂朝后”

这是指20世纪50年代我那个村里农民们讨厌的“小人”，是说他们对自己有求的、有用的人上前握手、拉手巴结；对自己用不着的人，则把手背到后头，不屑一顾。因此就有“富贵深山有远亲，饿死路边无人问”。当然后来知道，还有更甚者：忘恩负义及恩将仇报。现在机关单位提拔干部要强调“德”。如果能创造出让大家可以畅所欲言的氛围，则谁优谁劣，自有分寸。上述就是判别一个人“德”的好环的根据之一。

关于“矛和盾的故事”

这是小学语文课本里的一则寓言故事。说的是一个卖矛又卖盾的人，在一个众人围观的场子里说：“我的矛锋利无比，无论什么坚固的东西都能戳穿；我的盾坚固无比，无论多么锋利的东西都戳不穿它。”话音刚落，一小孩提出疑问：“那用你的矛戳你的盾，结果如何?”卖矛、盾者赶紧收摊，溜之大吉。

这个故事告诉我们别吹牛，吹牛者必不合逻辑，自相矛盾出洋相。日下吹牛者越来越不鲜见，正是那“卖矛又卖盾”的故事的不断演绎。

我一直想，也曾经奉劝吹牛者收敛。虽然现在人们很忙，都懒得搭理那些爱吹牛的人。但吹牛多了、大了，遇到自己打自己脸的事，那就无法收场了。

关于“前人栽树，后人乘凉”

后任接前任的班，这是自然现象。正常状况下，前任忠于职守，努力工作，给后者打下好基础；后任继往开来，长江后浪推前浪，取得好的成绩，这是良性循环，也应该是社会常态。但近些年听到的相反情况就太多了。比如，有一个公司，前任老经理兢兢业业，扎实工作，几乎是白手起家地保证了职工的较好的收入，还给职工盖了宿舍，公司成立了自己的一个汽车运输队和一个加油站。而后任接班的经理一出场就卖了这些资产，对上对外炫耀说，由于他的工作，短期即取得辉煌成绩。在一个时期内，他一说成绩，必说前任不好，而前任也不过敢怒不敢言。这是人们常常说到的“后任总喜欢否认前任”。

“前人栽树，后人乘凉”或“吃水不忘挖井人”，这不更是我们社会值得倡导的一种人间的和谐吗?!

关于“见人下菜碟”

这是比喻小人之举。他们把人分为三六九等，区别对待，给你上不同的菜。民间说这样的小人长着两个面孔，对上、对下各有一张面孔预备着，择机而用。这种人，能搅乱一个单位，人们最讨厌这种人。

关于伟人倡导做的那种人

讲到做人要做什么人的时候，背下毛泽东同志倡导的做好五个方面的人：一个高尚的人，一个纯粹的人，一个有道德的人，一个脱离了低级趣味的人，一个有益于人民的人。毛泽东同志的话确实一直教育和激励着我。至今，我还认为此境界很远，但我一直是朝向它努力的。

关于“心静自然凉”

炎热的三伏天，热浪滚滚，人们没处躲，没处藏，只是焦躁不安，骂着老天。有长者却优哉游哉地劝青年人：心静自然凉。有这个理吗？果不其然，当我在心烦意乱的时候，试着静下心来读读书的时候，起码可以减轻灼热的感觉。若是心浮气躁，心中火气多了，炎热的天气你怎么躲也躲不开。

关于“义”和“利”的关系

很遗憾，我第一次接触这个概念竟然是在改革开放以后的80年代末，那时人已40多岁了。当时听一位专家型的官员做改革开放的动员报告，总体上他是强调突出改革开放的“利”，而淡化改革开放的“义”，还偏偏用的是“义利观”的概念。我听着，当然也会想，既讲到“观”了，那就应当是对“义”和“利”的关系的总的看法。他厚此薄彼，就有失偏颇了。更为可惜的是，在当时腐败现象已经露头的背景下，他还起了一些“打开潘多拉盒子”的作用。

正是这次会议，激发了我对“义利观”的思考。这个问题，谁都会遇到，对社会、对每个人都十分重要。但现在的“义利观”已不能照搬当年关羽的“义”，也不能沿用“江湖上的义气”。况且这些“义”在现实中也不够用了。但我在这方面缺少理论学习，更没有专门研究。我只能想到：损害他人，损害自然生态，损害社会而取利，当为不义；与他人、社会、生态和谐共利，属于“义”。

关于“外圆内方”

这是做人要有的智慧，做得越纯熟，越显示出大智慧。但无人能做到“炉火纯青”。“外圆内方”是教人怎么做人的一种方法吧。“内方”就是力求在内心要有原则、有规矩、有智识；也有的说“有棱角”，这是在任何情况下都不可丢掉的，我给它总括一下叫“修来的良心”。而“外圆”就是在外在上稍显圆润、灵活的。历史上、社会上有许多这样为人处世的经验。如《水浒传》里宋公明的“潜伏爪牙忍受”、大企业家李嘉诚的“做人如果做到仁慈的狮子，你就成功了”的说法等。这都是给人启迪的人生道理。当然我也是在这方面注意、努力学习这样待人处事的。人生道路不那么容易，困难挫折不少，遇人不淑难免。再往前走，就练习“外圆”、保持“内方”罢。显然很难达到“心中有原则，不怒而威”的境界，但应往这方面努力。

关于“不打勤的，不打懒的，专打不长眼的”

我老家赵庄离天津市区十几里路，因此去市内来回比较方便，到天津市学徒的小孩子不少。待他们回村讲学徒见闻时，讲了师傅“不打勤的，不打懒的，专打不长眼的”。师傅却是希望在他门下出高徒的，有的还把有出息的招赘为婿。他“专打不长眼的”，可能是他认为：勤，是优点，可继续发掘；懒，以后一经“饥饿疗法”，受点穷也能改变。而“不长眼”，即不知道自己该干什么的、茫茫然的、定不好自己方位的，他认为是最“没出息”，得专门加大力度来调教、改变。师傅总把“恨铁不成钢”挂在嘴边，而徒弟们更不忘“一日为师，终身为父”。

现在无论做什么工作，首先要有心眼，这个心眼是指见识与眼力。

关于“一得之功、一孔之见”

“文化大革命”时这是报刊上不时可见的一句话，大意是：有的人沾沾自喜于“一得之功、一孔之见”。当时用这话批判谁、责难谁我不知道，我也没批判过谁、责难过谁。但这话用于描画那些爱骄傲自满的人，蛮活灵活现的。爱吹牛的人因为“一得之功、一孔之见”，就忘乎所以，把自己放大、抬高，唯独不知道其实是“井底之蛙”。面对“学海无涯”“知识就像海洋”，虚心好学才能有所作为。

关于“推敲”

上初一时，语文老师希望学生多学点东西，在课本之外，给我们讲了“推敲”的故事。有先人贾岛为了在诗句中斟酌是“僧推月下门”还是“僧敲月下门”比较好，“推敲、推敲”，贾岛不断地思考，不断地用手反复做着推门和敲门的动作……由此老师给我们讲了“推敲”一词的由来，让学生记忆深刻。“推敲”的故事让“推敲”一词有了全新的意义。因为它是“推敲”的源头。做人、做事，确实是要学会“推”啊、“敲”啊。

关于对“爱情”的一种理解

“爱情”从本质上说不是寻欢作乐，不是儿戏。“爱情”是一种承诺、一种责任。俗话说：“少年夫妻老来伴。”老来有伴，让人心里踏实，带给老人们想多活几年的动力。1999 年左右，在我分管的科里，听说一个女干部和爱人打架，男方打着行李“出走”了，关系僵住了。我把这位女同志找来，一提这事儿，她号啕大哭：“因为我和婆婆没法相处，他说老妈就一个，媳妇可以换。呜呜……”哭得更委屈。我说：“这小伙子挺有气魄，是个棒小伙子，你今天主动一次，打电话把他叫回家，他回家你就把门顶住，说是得过日子。今后要长治久安，就和婆婆搞好关系。”谁知她这一个电话，夫妻和好了，此后再没听说她委屈。说来也巧，同在该科的另一小伙子，也是夫妻打架，闹得不可开交，我也把他找来，他诉说妻子如何不通情达理。话匣子刚打开，我把他的话头就截了回去，我说：“你小子，连媳妇都哄不好，就是没本事；长点儿本事，别再较真儿，别再讲什么理。”他照我说的开始学着哄媳妇，后来再没听说有什么问题。当然，在夫妻关系中也不鲜见无情无义者，现实中也有达到“冷血”程度的。而不义者、闹“婚外情”者，未必有好的前景。30 年前曾听人说：“你要想一天不得安生，你就请客；你要想一年不得安生，你就搬家；你要想一辈子不得安生的，你就找小老婆。”可谁又会去寻不得安生呢，一定是“鬼使神差”。这当中还有个对孩子的影响问题。在电视节目里，曾有一对分道扬镳的夫妻，都说没伤害孩子，可又都埋怨对方对不起孩子。其实在孩子的“账单”中出现的是两个“赤字”，这是无法补偿的。

1984 年听一个有名的企业改革者做报告时，说他的企业在招工时，凡不孝顺父母的不要。那是否可以顺此思路，凡搞婚外恋者，不可升职呢？用人要重德嘛！不要重用陈世美嘛！

对“社会生态”之个人理解

“社会生态环境”这个近年出现的词汇，在思想空前活跃的当今，出现的频次还不低，众说纷纭。所谓“社会生态环境”，大抵指的是社会为人们生活所提供的氛围和条件，应包括政治、经济、思想、文化乃至自然环境的广义范畴，是一个有机的整体。我的感觉是，目前我们所处的社会生态环境在某些方面都程度不同地存在一些问题，有的问题还比较突出，但总的发展趋势还是向好、向善的。特别是近年，上下都有共识，提出了科研课题，并在努力解决一些问题。还吸收了不少各方面各类的意见，如惩治腐败、解决贫富严重不均、环境污染治理、依法治国等。问题已被提出，治理规划已经出台，措施也开始落实，有的方面初见成效。区别是需要看准了的，已经定了的，抓紧时机，做出实绩。不要折腾了，也不必呼天抢地、捶胸顿足。本人年近古稀，已无奢望，只愿国家稳定发展，老百姓都幸福安康。

关于“结识新朋友、不忘老朋友”

歌唱家殷秀梅演唱的《朋友》，把朋友的意义概括起来了。一是说“朋友多了路好走”。不光自己的路好走，大家的路都好走。朋友，有志同道合的，也有求同存异结识的，当然也有臭味相投的，拉帮结派、结党营私的，这样的人糟蹋社会，祸害他人。正因如此，当爸爸妈妈的都关注孩子交什么样的朋友，担心孩子“找错了庙门、敬错了神”。二是说“结识新朋友，不忘老朋友”。这样朋友圈越来越大，路越来越宽，这是中国人在“交友”问题上的主流意识。正因如此，有好多人到老了竟然还联系着幼儿园时期的朋友，还有九十多岁互相打电话祝福的朋友，还有联系虽少但心知肚明的朋友。这个主流意识所摒弃的是由功利主义所产生的“人走茶凉”“忘恩负义”“恩将仇报”等背叛行为。“功利主义”大概认为“人走茶凉”可以甩包袱，“忘恩负义”“恩将仇报”可以走捷径，其实三国时期的吕布就是因“干爹太多”被曹操杀掉的；民国时期的蒋、冯、阎大战时背弃冯玉祥的几员大将也是后来被蒋介石枪毙的。这都说明，如果“背叛”把事情搞大了，可能要掉脑袋的；小的蝇营狗苟也是自损的。交朋友无论交到什么人都涉及品德问题。三是说“让我们到处都有好朋友”，也有人强化为“有朋友，也是人生的一个精神支柱”。好交朋友，交好朋友，在我们中国人的人生价值观里占好大成分。

关于链条和环节

一个完整的工作好比一个完整的链条，一个社会的建设事业也是如此。一项工作各个环节都接续完好，当然就像结成了一根链条，事业可望获得成功。随着社会分工越来越细，环节越来越多，但各环节的作用一点没减：一环脱节，整个链条就不复存在了。在整条链子当中，每个单位、每个部门，甚至每一个人都可能是其中一环，环环相扣的工作都关系全局。我读过作战史料，一次作战，接受任务的有 8 支分队，有的正面进攻，有的穿插敌后堵截，负责堵截的没按时穿插到预定地点，敌人从这里跑掉，围歼战打成了击溃战，给以后灭敌留下困难，并留下了历史性争议。我还见过政府机关布置全局工作，某一个地区、部门没认真执行，影响到全盘。比如道路乱收费问题，不仅是治理，本应做好预防，何必惹得司机闹情绪?！最好的办法是分步骤、分阶段推进工作，如果其中某个阶段没按预期做好，下一步的工作就会很困难。比如城市中老旧小区的用水、房屋管道修理、卫生方面的问题等。前些天见一地方报纸登载，数栋住六楼的居民几年用水成问题：自来水像面条，大部分时间没水，家里常年要预备坛坛罐罐，以备接“面条水”储备，这样的情况影响市民情绪，反映到报社。年轻记者很热心，心想这还不好解决。找到有关职能部门，他们却说："本市地下管网老旧，水压只能加那么高，否则管网崩裂；要想吃上水只能设增压泵，这得自行解决。"退休后的日常生活，让我知道，要安增压泵，又得解决下一个问题：谁安谁集资，不要说收钱困难，让谁去收，有关部门都是"多一事不如少一事"，绝不当这个头儿。再说那位热心记者，听有关部门如此回答，只得知难而退，登报说明了事。又见中央电视台《焦点访谈》节目：一农村征地，还未及谈妥，毁了数百亩秧苗，农民找到征地办，答复说是你们找镇里；找到镇里，镇里说此事还得找征地办。农民们也曾想去找开发商，又怕开发商动武，或曰：开发商的大狼狗可不是吃素的。诸如此类，涉及民生问题，有的能够预防，有的不难解决，何必因为"脱节"引起民怨！几年来国家为处理好民生问题采取了一些好的措施，收到一些效果。但毋庸讳言，民生问题这个课题大得很，也需要时间去解决。但愿环环相扣，稳步推进。

关于"把自己的幸福建立在别人的痛苦之上"

这是上初中时听老师说的。主要是说同学之间不要互相欺负，别拿别人的痛苦"找乐儿"。这个说法在我们班全体同学那里得到了认可，以欺负人为不齿，以同学互相帮助、友爱为美。那人长大以后呢？当然就是同学之间、邻里之间以至所有的人之间都应如此。那么成年人的"把自己的幸福建立在别人的痛苦之上"都是指什么呢？无非是损人利己、损公肥私、以权压人、仗势欺人一类的不义行为。"多行不义必自毙"，中国传统文化对这类行为都是深为不齿的。我才疏学浅，无力深想，但"不要把自己的幸福建立在别人的痛苦之上"已扎根在我的心里。

关于“互联网让人自以为更聪明”

从《参考消息》上读到一篇文章，高度评价了互联网的作用及不可限量的发展前景。但这篇文章侧重的是“互联网”这个庞大的数据库诱使人们以为这些信息就在人们的大脑里，而事实并非如此。文章接着说，事情在这个阶段，还说不上是好事或坏事。但往下说就要看情况了：其中一种情况是，有人浏览了互联网，就误以为那知识是自己大脑中所有的，那体能是自身具备的。好比看了神话故事，就误以为自己可以“飞檐走壁”，可以“地遁”；也好比看了与“超人”有关的电影，就误以为自己赤身裸体可以抵达白宫约会。生活中“误以为”的事情太多了，但其本质特征就是放大了自己。芸芸众生中，时时都在举办“放大比赛”。

关于“不教而诛”

说来惭愧，我第一次见到这个词是四五十岁的时候了。但唯因见其晚，可联想的东西就越多些，因此这也成了我感兴趣的词汇之一。

“不教而诛”是产生于古代的成语。过去有些志士仁人，说国家不搞教育、教化，民众不懂得该做什么、不该做什么，出了问题再受诛杀或责罚，这是社会资源的浪费，社会成本加大。世人给出的方子是搞教育、教化，“开发民智”，这显然是一剂良药。我还先后听到的有：“教育要从娃娃抓起”“要进行国民素质教育”“要加强对干部特别是领导干部的教育”“教育者要先受教育”，等等。做到这些，真可谓“任重而道远”。毕竟时代不同了，现在是国家办教育，全民办教育。这是“利在当代，功在千秋”的。把眼光放在做这项事业上，蚂蚁啃骨头，孜孜以求，较之空洞口号、“形象工程”，经得起历史的检验。

关于“证明我还活着”

1994年前后，一些国有企业亏损、破产，不少职工下岗、失业，上访者不绝于途。为此，石家庄市政府成立了以主管劳资的副市长为组长的“困难企业、困难职工救助工作领导小组”，以市政府各部门负责人为小组成员，我由此也在其内。一日，领导小组开会，由劳动局（或社保局）领导汇报退休职工退休金领取问题，说有个别退休职工病故后，亲人不报告，退休金主管部门也不知道，有的冒领了几个月的退休金。为此，以后要采取退休职工本人按期到主管部门去搞“资格认证”，表明本人仍在世，才能发给退休金的措施。我听后颇觉不妥。一是在处理这个问题的时候，首先应该考虑便民，这是机关多年传统，后来有人说这叫办公“人性化”；二是退休人员年龄较大，七老八十的多，生病行动不便甚至卧床的也为数不少，却要亲自登门“认证”，各有困难。我和几位同志当即发言说：“这个办法不文明，可采取电话、家访等办法。”组长当时涨红着脸说：“这个问题下去你们再研究一下。”当时我四十几岁，我提这个建议还不是出于个人利益，而是为了大家。但待到十几年后老伴儿退休，领到了“退休资格认证本”，这个活儿才轮到我家，我要每半年去居委会为老伴儿“认证”一回，才能领到她的退休金。由此才知道有关部门还是把困难留给了大家。每逢“认证”日子，居委会屋内退休人员不少。有的说："我来证明我还活着。"后来听人说，网络上也有此话。再后来又据报载有"证明我妈是我妈"、证明"一岁多的孩子没有犯罪前科"、证明"七十多岁老妇的伤残不是打架斗殴所致"等。记录了这番情况，无非想说，公共的事，一定要为群众着想，不可以动不动就兴师动众，一定要"人性化"。此事有改进的余地。

关于"麻木"

我自身体验"麻木"，始于小时候冬天挨冻，或是8年逆风踏雪上学，或是大冬天到河里寻找冰洞担水、抓鱼。手、脚、耳朵、嘴唇连同整个面部，先是疼，接着冻僵了，慢慢地就没什么感觉了，大人说这是冻"麻木"了。冻得严重时，躯体对外界的感知就都没有了，所以我在看到赵本山广告说的"地球人都知道"以及他身体周遭结着冰外套时，颇有联想，又觉得滑稽，觉得它是有出处的。

到了上高中一年级时，语文课有一篇是鲁迅先生的《药》，说的是统治者杀戮革命者，市民仍一边看热闹，伸长脖子"仿佛鸭"，一边准备接人血以便吃"人血馒头"治自己的慢性病。老师在介绍鲁迅时，说到鲁迅起初是要学医，待到他屡见国人的"麻木"，改为学文，因为他觉得治人身体的病不如治人精神上的"麻木"病更为重要。而且他以后的许多作品都是治"麻木症"的。

最近，看《参考消息》登的"军事专家说抗日战争"专栏，有一位名家又列举了当年英法联军火烧圆明园，竟有国人也趁机拿走几件文物；八国联军进攻北京，竟有国人给出主意从广渠门下水道进攻；抗战时期，与抗日军队作战的汉奸军队人数竟超过日本侵华军人数；而给抗日名将杨靖宇造成最大困难、带领日本人在深山老林中掏他老窝的竟是他曾收养、培养过的人，最后射杀杨靖宇的竟是他曾信任过的部下机枪手。

麻木误事，麻木误人，麻木误社会，也误自己，盖因为它是对公理的反动。“麻木症”依其主客观条件的不同，可分为各种类型，如窝囊型，即胆小怕事，怕树叶掉下来砸着自己脑袋，于是逆来顺受，取了忍气吞声态。又如明哲保身型，有的可以理解为一种人生策略、“智慧”；但不尽然，即人云亦云、随声附和者便是。再如，泯灭良知、为虎作伥型，则往往带有“赌一把”的心理，铤而走险，想与施虐者讨一杯羹，而许多麻木者往往是对事理没看明。正所谓“人无远虑，必有近忧”，而所谓“远虑”，其实就是把情势看透。还有说“登高望远”，站在高处，尽收眼底。

社会、集体各种事业的运行是靠公理维护的，个人取得进步也要循公理。虽不能苛求每个人都做到“富贵不能淫，贫贱不能移，威武不能屈”，但这类的“真爷们儿”毕竟是走在了生活的前头。人世间应该倡导“清醒”。譬如说，单单不为施虐者“点赞”，不去帮闲，便是对公理的维护，也维护了自身的尊严，许多人正是由此立德、成才。最近看开国元帅贺龙之女纪念其父的文章，说到要教育好孩子，培养他们辨别是非的能力，这个能力是预防麻木的良方。

关于三个“为镜”

“以铜为镜，可以正衣冠；以人为镜，可以明得失；以史为镜，可以知兴替。”粗略记忆，这是唐太宗李世民在宰相魏征去世后所言。因为一个宫廷戏里说这是由李氏说的，而有的学者说是魏征说的。但毕竟是由史家记下的。我觉得它可以是做人的一个方法论。

关于“正衣冠”，我没在这方面动多少心思，至今只是注意衣服要宽松，从三个“X”的衣服买到五个“X”的，只要衣服不把身体束缚太紧就行。当然从穿戴上养成一个良好的外在气质对人一生也是有助益的。

至于“明得失、知兴替”，这在人的一生中当然是很重要的事情。知人、知史才能权衡自己，既能放开发展自己，也能自我调整、自我约束。对于知人，我至今只是略知一二，比如要分男女老幼。对人性的类型，就很难划分了；而知史，则是恨以往读书太少，还没有理出头绪，比如对治理国家的全优良方，就不敢贸然下结论，甚至认为没有唯一的结论。但先贤们说这话的用意是让人知人、知史，是鼓励人们学习、尝试。那就多下些功夫、多用点脑子吧！近期偶尔读到一些“人文学”“社会学”的论著及看一些“新闻”“旧闻”都使见识有些长进。

关于“对事不对人”

老实说，这还是听我们阿拉伯语班的住在海军大院的潘指导员说的。他是期盼同学们搞好团结，别打起来。但听后想想，觉得这个话在生活中是很管用的。要面对看不惯的人，学会宽容、友善，即便他做了伤害你的事，让你心气不顺，那也只对事不对人，虽然挺难，但挺重要。后来我长期身体力行，逐渐成为习惯。如今把往事回忆，也每每是这样想的。虽正误要明，但人各有志，不要以为只有自己走的才是“阳关大道”，万事心中有数，顺其自然。